悪党のロマンス

contents

illustration：須坂紫那

悪党の
ロマンス

春節を間近に控える一月の終わりは、中華街にとってかき入れどきだ。

軒を連ねる店は日暮れを待たずして明かりを灯し、通りに極彩色の影を投げかける。いたるところで鳴り響く、銅鑼や鉦の音。喧噪の波は龍舞のようにうねりながら厨房の奥に押し寄せ、忙しさに拍車をかけている。

この熱気に煽られていると、昼休憩をとり損ねたことも忘れてしまう。真那也は編み目から細く湯気をのぼらせる蒸籠をトレイに載せ、足早にホールへ向かう。

「お待たせしました。五色小籠包でございます」

すでにいくつか品の並んでいる円卓に蒸籠を置き、蓋を取って一礼する。

高校卒業と同時に家出をして、そろそろ四年。住居を転々としながらアルバイトをしてきたが、中華街の一角にあるこの店、佳宵がいちばん長く続いていて、ホールスタッフとして働き始めて一年半になるだろうか。

その前は蕎麦屋、さらにその前は老夫婦の営むラーメン屋で働いていたので、最初は中華街独特の派手な街並みにおどろいた。中華料理に興味があったわけではなく、『寮有ります』という貼り紙に惹かれただけなので、なおさらだったのかもしれない。

けれど慣れると悪くない。イミテーションの珊瑚や水中花で飾られた水槽のように、この街は真那也を隠してくれる。目立たずひっそりと生きていきたい真那也にとって、中華街は打ってつけの場所だった。

追加のオーダーを厨房に通し、今度は二人前の酸辣湯麺をトレイに載せる。

「三番テーブル」

コック長の指示に「はい」と返事をしたそのとき、誰かにトンと背中を押された。足許が揺らぎ、麺とスープが大きな波を立てる。やばいっと思うのと、トレイから器が滑り落ちるのはほぼ同時で、「ああっ」と声を上げた真那也の前で、酸辣湯麺が床に飛び散る。すかさずコック長の怒声が飛んだ。

「何やってる、ぼんやりするな!」

弾みで床に膝をついてしまった真那也の横を、薄ら笑いを浮かべた同僚が通りすぎていく。マオカラーのシャツに黒いパンツ。同じホールスタッフ用の制服を着ていても、彼は真那也とは立場がちがう。中国人オーナーのひとり息子だ。真那也の何が気に食わないのか、彼はしょっちゅうこの手の嫌がらせを仕掛けてくる。

「失礼しました」

静まり返ったホールに頭を下げてから、小走りになって掃除道具を取りにいく。真那也が這いつくばって床を拭う頃にはどの円卓にも歓談のざわめきが戻っていて、誰もこちらを見ていない。

「――くそう。めっちゃむかつく」

真那也が声に出して吐き捨てたのは、裏口を出てすぐのところにある洗い場に辿り着いてからだった。声に出すだけでは腹の虫が治まらず、麺まみれの雑巾を洗い場に投げつける。

加虐心をそそる顔でもしているのだろうか。母親譲りの栗色の髪と色白の肌、左の目許に二つ並んだ泣きぼくろ。ステンレスの洗い場には、慣れ親しんだ自分の顔が薄らぼんやりと映っている。細身なので脆弱に見られがちだが、これでも気は強いほうだ。

オーナーの息子を思いきりぶん殴り、「こんな店、辞めてやる！」と啖呵を切ることができれば、どれほど清々するだろう。けれど佳宵の寮を出たところで行くあてはないし、すぐに部屋付きのアルバイトが見つかるとも思えない。

ぶすっとした自分の顔を見おろしているうちに腹立ちが治まり、かわりに虚しさがこみ上げてきた。縁の欠けた器を不燃用のごみ箱に放り込んでから、無言で雑巾を洗う。

高校時代の友人がいまの真那也を見たら、きっと言葉をなくすにちがいない。部活の弓道に夢中になっていた頃の面影はきれいに消えてしまった。家出をしてからずっと、陽のない日々を積み重ねている。アルバイト先に頼らなければ家がなく、スマートフォンすら持てない生活が、真那也を軽んじても構わない存在に見せているのかもしれない。

破れるほど強く雑巾を絞ったあと、店に戻る。――戻るしかなかった。

「さっきはすみませんでした。気をつけます」

厨房にいるコックたち全員に頭を下げ、今度はピッチャーを持ってホールをまわる。

ふと、窓辺の席から歓声が上がった。どうやらすぐそこの通りを獅子舞が練り歩いているらしい。獅子舞の背の布と、はしゃぐ人の輪が窓に映っている。

笑い合う家族連れもカップルも、いまの真那也には無縁のものだ。たまらずうつむきかけたとき、見覚えのある人影が通りをよぎった気がし、はっとした。

(まさか……兄さん?)

すっと背筋が冷たくなり、歯の根が小さく震えだす。

六つ年上の和史は、真那也の義理の兄にあたる。真那也が小学生の頃、母が酒造会社の社長と再婚して兄弟になったのだ。とはいえ、四年前を最後に兄とは会っていないし、会いたいとも思わない。

——いまさら何の用ですか。

——俺はあなたのこと、兄さんだなんてもう思っていないから。

途端に鼓動が強く重いものとなり、兄に突きつけたくてたまらない科白が頭の芯でとぐろを巻く。大丈夫、兄さんがこの店に来たとしても堂々と振る舞える、そう自分に言い聞かせ、ピッチャーの柄を握りしめてとなりの円卓に向かう。

しかし、少なからず動揺していたのだろう。つい意識が散漫になり、あっと思ったときにはオーナーの息子に擦れちがいざまに足を引っかけられていた。

(ちょ、まじかよっ……!)

このままだと転んでしまう。くっと無様に顔を歪めたとき、誰かの胸に抱きとめられた。

男性客だ。すらりと背の高い、ダークカラーのスーツを着た男。

「あ……」

ありがとうございます、そう言うつもりで開いた唇が強張った。

射貫かれるとはこういうことをいうのかもしれない。鋭い照りを放つ刃のような眸が、頭ひとつ分高い位置から真那也を見おろしている。反射的に唾を飲み、獅子を前にした小動物のように足を竦ませる。

昼に生きる男ではない、直感的に察した。

男は真那也を見おろしたまま、頬骨にかかる黒髪をかき上げる。たったそれだけの仕草で威圧感が伝わった。スーツはオーダーメイドを思わせる仕立てのよいもので、ネクタイのかわりにラペルピンをあしらっている。佇まいからして仕事帰りのサラリーマンにはとても見えず、だからといってやくざにしては洗練されすぎている。

硬直したまま男を凝視していると、「おい」と声を放たれた。びくっと肩を跳ねさせたのも束の間、男は真那也ではなくオーナーの息子に視線を向ける。

「ふざけるな。なぜこの子の足を引っかけた。君はさっきもこの子を突き飛ばしただろう。誰も見ていないとでも思っていたのか」

男はけっして声高に叫んだわけではない。だが低く凄みのある声を間近で聞いてしまい、助けられた真那也のほうがうろたえた。オーナーの息子も男の剣幕にぎょっとしたようで、一瞬

にして顔色を白くする。

ここが店でなければ、ざまあみろとほくそ笑んでいたところだが、そうはいかない。周囲の円卓からそそがれる好奇の眼差しにはっとし、真那也は男の胸から飛びのいた。

「ご迷惑をおかけしました。私は大丈夫です」

先ほどの男の科白は、真那也が酸辣湯麵を引っくり返したときも見ていたということをさしている。たまたま視界に入っただけなのかもしれないが、たった一瞬でも誰かに見守られていたというのは、正直うれしい。

「助けてくださってありがとうございます」

呑み込んでしまった言葉をあらためて伝えたとき、ピッチャーの水が男の胸元を濡らしていることに気がついた。慌ててハンカチを取りだし、男の胸元を拭う。

「申し訳ございません。タオルをお持ちします」

「気にしなくていい。すぐに乾くさ」

男は真那也の手からハンカチをさらうと、ぞんざいな手つきで胸元を拭い始める。

ふと、彼の左手の薬指に目がとまった。節くれ立った指の付け根に、銀色の指輪が嵌まっている。表面に複雑な彫り模様の入っている指輪だ。

（へえ、この人結婚してるんだ）

男は三十歳前後のようなので、結婚しているとしても不思議はない。とはいえ、結婚指輪をつけない既婚者もいる。男の雰囲気から勝手に推測すると、たとえ既婚者でも指輪はつけないタイプに見えたので、男の左手に釘(くぎ)づけになってしまった。その間にハンカチは折りたたまれ、真那也の前に差しだされる。

「ところで喫煙所はどこにある？　初めての店だから迷ってしまった」

「あ、はい。ご案内します」

真那也は急いでハンカチをしまうと、先に立って男を導いた。

喫煙所は少し奥まったところにあるので分かりにくいらしく、洗面所の次に尋ねられることの多い場所だ。「こちらです」と真那也が示すと、男は辺りを見まわし、煙草を取りだす。

「先ほどはありがとうございました。どうぞごゆっくり」

男に頭を下げてから踵(きびす)を返そうとしたとき、男の人差し指がふいに真那也の胸に向けられた。

「新條(しんじょう)」

「……はい？」

なぜ呼び捨てなのか。

面食らったのも束の間、ネームプレートを読まれただけだということに気がついた。シャツの胸ポケットの上、横長のプレートに刻まれた『新條』は、真那也の名字にあたる。

「俺の友人にも新條というやつがいる。漢字も同じだ」

だからなんだというのだろう。返す言葉に困ってしまい、「はあ」と微苦笑を浮かべる。

けれど男に他意はなかったようだ。しばらく待ってもそれ以上話しかけられることがなかったので、男に会釈をし、ホールに戻る。ちょうど獅子舞がホールにやってきたときで、方々の円卓から弾けるような歓声が上がった。

煌びやかな中華街の夜を目の当たりにし、なぜか無性にさびしくなった。

周りが賑やかであればあるほど、自分と他者との間に埋められない溝があるのを感じてしまう。心のなかで吹く木枯らし。真那也は四年前からずっと、真冬の荒野を歩いている。絢爛豪華な内装の店にいても、この眸が映す風景はいつも重く澱んだ灰色だ。

真那也は再びピッチャーを手にすると、円卓をまわった。時折窓に視線を走らせるも、兄に似た人影はどこにもない。きっと再会を恐れる心が見せた幻だったのだろう。やっぱりなと納得する気持ちと、言いようのない焦燥がまぜこぜになる。

いったいいつまで兄にとらわれて生きていくのか。

答えの出ない問いを自分に突きつけ、唇を嚙む。鼻の奥がつんと痛んだ。

＊＊＊＊

真那也はほとんど休むことなく佳宵で働いている。開店から閉店までの通し勤務の他に早番と遅番があり、その日はたまたま遅番だった。

昼過ぎに出勤すると、スタッフルームで賄(まかな)いを食べていた同僚が真那也を振り返る。

「ちょうどよかった。新條(しんじょう)にお客さんが来てるぞ」

「お客……？」

地元で暮らしていたときの友人とは疎遠になっているし、新しい友人も特にいない。首を傾(かし)げて「誰だろう」と呟くと、同僚が決まりの悪い顔をしてうなじをかいた。

「悪い。名前を訊きそびれちゃったんだよな。だけど向こうは新條の下の名前を知ってたよ。お前、マナヤっていうんだな。七里香(チーリーシャン)で待ってるから来てほしいって。歳は三十手前くらいで、結構男前。これだけ言えば分かるか？」

同僚の言葉に、ゆっくりと二つ瞬(また)いてから息をつめる。

きっと兄だ、兄にちがいない。確信した途端、心臓が爆音を刻み始める。

いい加減にスマホを持てよとか、さっさと帰ってこないとコック長に怒鳴られるぞとか、同僚は麻婆豆腐(マーボードウフ)をかき込みながら続けていたが、真那也の耳にはほとんど届かなかった。

「ちょっと七里香に行ってきます」

外したばかりのマフラーを首に巻きつけ、どたばたとスタッフルームをあとにする。

七里香というのは同じ通りの五軒先にある台湾茶館の名前だ。心を整えようにも突然すぎてどうしていいのか分からない。兄に言いたいことは山のようにある。鼓動を落ち着かせようと何度も胸を撫でさすっているうちに、七里香が見えてきた。

大きく息をし、木枠の扉を押し開ける。

近所なのでスタッフとは顔見知りだ。「いらっしゃいませ」と笑顔を向けてきた女店主に会釈をすると、彼女がつっと眉をひそめ、不安そうな表情をした。

「あんた、大丈夫なの？　いちばん奥のテーブル席よ」

相当青白い顔をしていたのかもしれない。「すみません」と頭を下げ、通路を進む。

奥のテーブル席は半個室になっており、蒔絵の衝立で目隠しされている。通路から見えたのは、男性客の黒い頭髪のてっぺんだけだ。

ごくっと唾を飲み、衝立から覗く黒髪をねめつける。

――兄さん、いまさら何の用？

放つべき第一声を胸のなかで唱えてから、意をけっして衝立を越える。

（あ……）

最初に真那也の目に飛び込んできたのは、とりどりのトロピカルフルーツをトッピングした豆花だった。そして、それを掬おうとしている陶器の散蓮華。柄を握っている節くれ立った手。投げ置かれた煙草の箱と、吸い殻をためた灰皿――。

兄さん、と出かかった声が引っ込む。兄は甘いものを好まないし、煙草も吸わない。テーブルにいたのは、佳宵のホールで転びそうになった真那也を助けたあの男だった。

（ど、どうして――）

緊張の糸がぷつりと切れ、その場にへたり込みそうになった。

やはりあのときの男だ。チャコールグレーのスリーピースと、少し長めの黒髪。今日はネクタイを締めている。確かに年齢は三十手前くらいだし、男前の部類にも入るだろう。同僚の見立てを思いだし、力なく苦笑する。まさかそれを親愛の笑みだと勘ちがいしたのか、男が「よう」と真那也に笑いかける。顔見知りというほどでもないのに、ずいぶん馴れ馴れしい。

(なんなんだ、この人)

軽い眩暈(めまい)を覚えながら、真那也は男の向かいに腰を下ろした。

「わざわざ訪ねてきてくださるなんて、おどろきました。もしかしてあのときのシャツ、だめになってしまいましたか?」

いまのいままで忘れていたが、真那也はこの男の胸元に水をかけてしまったのだ。スーツがよいものだったので、シャツもよいものだったのかもしれない。てっきりクリーニング代を請求するつもりで呼びだしたのかと思いきや、男はおどろいた様子で目を瞠(みは)る。

「シャツ? そんな話じゃない、俺は——」

男が続けようとしたとき、スタッフがオーダーを訊きにきた。

あまり無駄づかいはしたくない。マフラーを外しながらメニューブックに目を落とし、いちばん安いホットコーヒーをオーダーする。その間も男は真那也を見ていたようで、メニューブックをテーブルの端に立てかけた途端、視線が重なった。

「覚えていないのか？」

「えっと……何をでしょう」

男を喫煙所に案内したことや、新條というネームプレートを読まれたことなら覚えている。けれど男が訊いているのはそういうことではないのだろう。真那也がまばたきを繰り返していると、男があからさまにため息をつき、長めの前髪をかき上げる。

「その様子だと、思いだしてもいないということか。ま、先日の君の反応を見て、忘れられていることは分かってたんだ。俺のほうは一目で気づいたんだがな」

食べかけの豆花をテーブルの端にやった男が、まっすぐに真那也を見る。

「久世(くせ)だよ。久世隼人(はやと)」

「……久世……？」

地元に多い名字とはいえ、ハヤトという名前の男は友人にも知人にもいない。

それに男は真那也よりあきらかに年上だ。おそらく四つか五つ――いや、六つは離れているだろうか。

そこまで考えてから、はっとする。六歳年上だとすると、兄と同い年だ。

「参ったな。まだ思いだせないのか？　俺は久世。君の兄貴、新條和史(かずふみ)の友人だよ」

「――」

男のことを思いだす前に、兄の名前を久しぶりに他人の口から聞き、気が動転した。

兄のことも真那也のことも知っている男が目の前にいる。ちょうどホットコーヒーが運ばれてきたときで、唇を小刻みに震わす真那也をスタッフが不安そうに窺ってから立ち去る。

「木原のじいさんのことはどうだ。君の家で住み込みで働いていた杜氏の。あの人は俺の母親の遠縁だ。木原のじいさんから君を紹介されたこともあるんだがな」

「キハラ……ああはい、木原さん」

杜氏の木原のことはすぐに思いだせた。真那也を「坊ちゃん」と呼び、本当の孫のようにかわいがってくれた人だ。いたずらをして叱られたこともあるし、髪の毛がぐちゃぐちゃになるほど頭を撫でられたこともある。

久しぶりに木原の笑顔が脳裏に浮かび、懐かしいその顔が兄の記憶を遠ざけた。気持ちが落ち着くと、目の前に座っている男の印象も変わる。男の顔を穴があくほど見つめ、ようやく思いだした。

「ああ、久世さん！　なんだ、久世さんだったんですね。びっくりしました」

「やっと思いだしてくれたか。ったく、落ち込むよ。君にとって俺は相当存在感のないやつだったみたいだな」

「い、いえ、そんな」

馴れ馴れしい態度を不審に思ったなんてぜったいに言えない。ごまかしの笑みを貼りつかせた顔で、慌てて首を横に振る。

（そっか、久世さんだったんだ）

久世のことなら簡単に思いだせただろうに、どうして佳宵で出会ったときに気づかなかったのだろう。真那也の記憶が正しければ、久世は高校時代の兄の友人だ。兄とは別の大学に進学したあとも、長い休みのたびに兄を訪ねて新條の家に来ていたと思う。「あら、隼人くん、いらっしゃい」と笑って応対する母の声を、真那也は何度も聞いている。

久世はまったく人見知りをしないようで、母だけでなく真那也にも笑って話しかけてくる人だった。家の廊下で擦れちがうときもそうだし、街でばったり会ったときもそうだ。「学校は楽しいか？」とか「進学先は決めたのか？」など、どれも他愛のない声かけだ。けれど、当時の真那也にとって六歳の差は大きい。久世のすらりとした体格や大人びた所作に気後れしてしまい、ほとんどと言っていいほど、話せなかった。

（俺、よく顔を真っ赤にしてたな……）

細かなことまで思いだしたせいで居心地が悪くなり、もぞもぞと座り直す。

「すみませんでした、全然気がつかなくて。ご無沙汰しています。こんなふうに会うのって何年ぶりですかね」

「五年ぶりくらいじゃないかな。最後に会ったのは、君が高校二年のときだったと思う。ほら、花火大会で会ったじゃないか。俺がちょうど帰省しているときで、君は弓道部の仲間たちといっしょで」

埋もれていた記憶を掘り起こされ、「あっ」と声が出る。

そう、あれは高二の夏。地元の花火大会で偶然久世と会ったのだ。

久世は東京で働いていて、一年ぶりの帰省だと言っていたと思う。となりには浴衣を着た女性がいた。真那也の友達のひとりが「彼女さんですか？」と訊き、女性はまんざらでもなさそうな表情を見せたのに、久世が真顔で「そんなんじゃないよ」と答えたものだから、皆で冷や汗をかいたのを覚えている。

久世は真那也たち全員にたこ焼きを買ってくれた。けれど一時間近くも屋台に並んでいたせいで浴衣姿の女性はむくれてしまい、久世は「やばい」と苦笑して真那也たちと別れたのだ。

「うわぁ、懐かしい。あのときのたこ焼き、めちゃくちゃおいしかったです」

「かわいいよな、高校生って。たこ焼きひとつで大喜びしてくれるんだから。いまはそんなものじゃ物足りないだろ？」

「そんなことないですよ。いまでも大喜びすると思います」

あの頃の真那也は、友達から『真那』と呼ばれていた。

真那也ではなくて、真那。也の字を端折られただけなのに、ぐんと親しみを込めてもらったような気がしてすごく好きだった。いまではもう誰も口にしてくれない呼び名がどこからか聞こえてくるようで、ひとり頬をほころばす。

「あっ、もしかして久世さんの奥さんってあのときの？」

深く考えないまま、久世の嵌（は）めている結婚指輪に人差し指を向ける。失言だと気づいたのは、久世が虚をつかれたような表情をしたからだ。

「す、すみません、プライベートなことを訊いてしまって」

「ああいや、結婚はしてないんだ。これはそうだな、ただの女避（よ）けだ。深い意味はない」

言いながら、久世が指輪を右手で覆（おお）う。

「女、避け？」

「結婚指輪をしている男と付き合いたがる女は滅多（めった）にいないだろ？　言い寄られても断るのが面倒だから、分かりやすくガードしてるんだ」

そんな理由でわざわざ左手の薬指に指輪を嵌める人がいるだろうか。なんだか腑（ふ）に落ちなかったが、踏み込んだことを尋ねるのは憚（はばか）られ、納得したふりをする。

「久世さんはモテるんですね。俺は恋人なんていたことがないからうらやましいなぁ」

「恋人なんて君がその気になればすぐにできるさ。君には男女を問わず、たくさんの友達がいたじゃないか。花火大会のときだって……ええっと、俺は何人分のたこ焼きを買わされたかな」

「十一人分です。弓道じゃなくてサッカーができるなって久世さんに言われました」

皆がどっと沸いたのを思いだし、ふふっと笑う。

けれどそこまでだった。花火大会よりもあとの記憶をたぐろうとすると、思い出は白く弾（はじ）け、兄にされたことだけが禍々（まがまが）しい色彩を放つ。うだるような熱帯夜。滴（したた）る汗と息づかい。翌年に父と母が交通事故で亡くなると、真那也にとって家は地獄となった。

胃からせり上がってくるものを感じ、慌てて水の入ったグラスに手を伸ばす。一口二口飲んだくらいでは押しとどめられそうになく、一気に飲み干す。コーヒーを口にすれば、本当に吐いてしまいそうだった。

「あの、お水のおかわりをください」

衝立の向こうに投げかける声が震える。しかし久世は真那也の変化に気づかないのか、豆花を口に運びながら言葉を続ける。

「おどろいたよ。まさか中華街で君と再会するとはな。旧家(きゅうか)で育った君がアルバイトか。新條の家を出てまでして叶えたい夢でもあるのか？」

「……夢？」

訊き返してから二杯目の水を飲む。

おかげで少し落ち着いた。ふぅとひとつ息を吐く。

「夢だなんてそんな、生活のために働いてるだけです。それに俺が旧家育ち？　まさか。俺は母の連れ子ですよ」

「おいおい、そんなふうに言うと新條の親父さんが泣くぞ。君が新條家の養子になったのは小学生の頃らしいじゃないか。旧家の出とは言えなくとも、十分旧家育ちだと思うぞ。新條の親父さんはずいぶんと君のことをかわいがっていたようだし」

「それはまあ……」

新條の父のことを思うとき、いまでも真那也は複雑な感情にとらわれる。

本当の父さんじゃないと真那也が身構えていたのは、最初のうちだけだった。父が真那也をとても大切にしてくれたからだ。参観日や運動会などの学校行事にもこまめに足を運んでくれたし、高校に入学した真那也が弓道部に入りたいと言ったときには、すぐに道具を揃えてくれた。もちろん叱られたこともあるし、頬を引っ叩(ぱた)かれたこともある。あの人は確かに、真那也の『父』だった。

「だけど父も母もこの世にはもういないんです。死んでしまいましたから」

だから育った町から遠く離れた土地で生きている——そういう意味で口にしたのだが、久世には伝わらなかったらしい。散蓮華を使いながらの話はまだ続く。

「確かに君のご両親は不幸な事故で亡くなってしまったが、新條酒造というと、国内でも指折りの蔵元(くらもと)だ。何も仕事中に足を引っかけてくるような同僚のいる店で働かなくてもいいだろうが。地元に帰れば家業の手伝いができるだろうに」

踏み込んだことを指摘され、さすがに頬が強張(こわば)った。

久世の言うとおり、新條酒造は名の知れた蔵元だ。だが真那也には関係ない。たとえ両親が生きていたとしても、真那也はいずれ家を出ていただろう。家業を継ぐのは父の実子でもある兄だ。いまも昔もそれを疑問に思ったことはないし、兄の下で働く気もない。

「俺、中華街の雰囲気が好きなんですよ。だから働いているんです」

無理やり話にけりをつけ、ナプキンで口許(くちもと)を拭(ぬぐ)う。

「ところで俺に何の用なんでしょう」

懐かしくて呼びだしただけなら、これ以上は付き合えない。真那也がホールに入る時間はとっくに過ぎている。

「ああ、悪かった。無駄話に付き合わせてしまって」

久世は散蓮華を置くと、真那也に名刺を差しだした。

株式会社・友和(ゆうわ)リゾート。久世の肩書きは、取締役専務となっている。

(専務って……)

ずいぶんと出世が早い。瞠った目で名刺を見つめる真那也の心を読んだのか、「父方の伯父(おじ)が社長を務める会社に入ったんだよ。ありがたいことに、伯父は甥(おい)っ子の俺を引き立ててくれてね」と久世が言葉を添える。

「新條の本家――すなわち、君が養子縁組をした家は、地元に多くの土地を所有している。親父さんと君のお母さんが亡くなったいまはすべて和史の名義になっているようだが、俺はその土地が欲しい。リゾートホテルを建てたいんだ」

「……リゾートホテル？　田舎町にですか？」

「知らないのか？　酒造業の盛んなあの町は水がきれいで風光明媚(ふうこうめいび)、海外からの観光客が年々増えている。同業他社も新條家の持つ土地に狙いを定めているくらいだ」

まさかそんな話をしたくて呼びだされたとは思ってもいなかった。丸くした目でまじまじと久世を見る。

「あの、俺に言われても困ります。俺は相続を放棄しましたし、実は新條の家とは縁が切れているんです。俺じゃなくて兄さんに言ってください」

「残念なことに和史とは喧嘩をしてそれきりなんだ。まあ、たとえいまでも仲がよかったとしても、あいつは地上げ屋あがりの会社には一坪の土地も売らないだろうよ」

「地上げ屋あがり？」

「昭和の頃の話さ」

久世はおもむろにスマートフォンを取りだすと、どこかに電話をかける。

「重要な取引を始める。外で待ってろ」

誰と誰が取引をするのだろう。意味が分からず、眉をひそめる。

久世が通話を終えたのと同時に、通路を挟んで向こうのテーブルにいた二人組の男たちが席を立つのが見えた。久世と同じく、台湾茶館には不似合いなスーツ姿だ。もしかしてずっと見張られていたのだろうか。「あんた、大丈夫なの？」という女店主の言葉がよみがえり、ふっと頬に鳥肌が立つ。

取引ってなんですか。訊きたいのに声にならない。鳥肌が全身に広がっていく。

真那也の目の前には、得体のしれない鵺のような男がいる。

長身の背と鋭い双眸を持つ男——顔と声だけが久世だ。

ああ……と眉を歪め、嘆息を洩らす。昔の久世はもっと明るくてさわやかな人だった。夜の闇ではなくて、真昼の陽射しの似合うような。だから佳宵で会ったときも、このテーブルについたときも、真那也はまるで思いだせなかったのだ。

「和史はいい男だよ」

久世の顔を持つ鵺がささやく。

「俺は高校時代を和史とともに過ごしてきた。成績は常にトップクラス、スポーツもできる。だからといってクソがつくほど真面目なわけじゃない。少々の悪さならあいつも俺もした。ようは気が合ったんだろうな」

兄の話は聞きたくない。顔をしかめて目を逸らす。

だが視界の端に映る久世は、親しい友人の話をしているはずなのに、にこりともしていない。暗く滾った眸は目の前の真那也ではなく、ここにはいない兄を捉えているようだった。

この人は、兄を嫌っている——？　いったいなぜ——。

その答えを探るため、恐る恐る視線を戻す。待っていたかのように久世の口許がほころんだ。

「残念だが、俺はもう和史を友人とは思っていない。あいつは人の姿をした外道だよ。高校生だった君を犯したんだ。君が新條の家を飛びだすまで何度もな」

「なっ……」

おどろいて仰け反ったせいで、椅子がガタンッと大きく揺れた。

どうして真那也と兄しか知らない秘密を久世が知っているのか。一瞬で心が凍てつき、動けない。震える下顎がかちかちと小さな音を立てる。

「で、でたらめ、です」

なんとか言ったのを久世が覆す。

「証拠だってあるんだ」

「しょ、証拠……?」

久世はスマートフォンを操作すると、それを真那也の耳にかざす。

聞こえてきたのは、ノイズまじりのざわめきだった。

息をつめて耳を澄ませていると、

――『和史。お前、真那也をやったって噂、あれは本当なのか?』

唐突に久世の声がした。

声を立てて笑う声、これは兄のものでまちがいない。

――『馬鹿馬鹿しい。どこからそんな話が出てきたんだ』

――『とぼけるな。真那也が家出したのはお前が原因なんだろ。もしかしてお前、義理の弟に惚れてたのか?』

兄は口を噤んだらしく、『答えろよ、おい』と責める久世の声が続く。

おそらく久世は兄の胸倉を掴むかしたのだろう。ややあって聞こえた兄の返答は、呻きまじりのものだった。

――『魔が差しただけだ。そうひどいことはしていない』

――『はあ？　十分ひでえだろ。クソだな、お前』

――『真那也が魔性なんだよ。あいつが俺を誘う。何度も何度も』

「ちがうっ！」

真那也はバンッとテーブルを叩いて立ちあがった。

「俺は誘ったりなんかしてない！　兄さんが、兄さんがいつも無理やりにっ――」

もはや衝立など意味がない。沸き立った怒りのまま声を張りあげる。はっとしたときには店内は静まり返っていて、自分の荒い息づかいだけが聞こえていた。

血相を変えて飛んできた女店主に、「申し訳ない」と久世が頭を下げるのをぼんやりと眸に映しながら、椅子に座る。落ちたというほうが正しいかもしれない。かくんと頭が振れた。

久世は店内にざわめきが戻ったのを見計らってから語りだす。

「二年前に高校の同窓会があって久しぶりに地元に帰ったんだ。その際に耳に挟んだのが君と和史に関する噂だ」

「……噂……？」

「君と和史の間に肉体関係があったんじゃないかという噂だよ」

はっきりと言葉にされてしまい、カッとこめかみが熱くなる。誰にも知られていないだろうと思っていたのは、真那也だけだったようだ。たまらずうつむき、唇を噛みしめる。羞恥心や惨めさ、いろんな感情のまじった涙が浮かぶ。

「噂は噂、信じないやつのほうが多いだろうよ。君と和史は義理の兄弟、かつ男同士だからな。ただ、突然家を出た君を思えば、ありうる話かもしれない。不審に思うことはいくつもあったんだ。君は両親の法事にまったく顔を出さず、あれほどたくさんいた地元の友人に近況を知らせることもしていない。俺は真偽を確かめようと和史につめ寄ったんだ。証拠を摑むつもりでボイスレコーダーを用意してな」

「ボイスレコーダー？　どうしてそんなもの……」

「どうして？」

真那也の疑問をなぞった久世が、煙草の箱を引き寄せる。

「二年前というと、俺は二十六。専務に昇進したのもその頃だ。かたや和史は旧家の長男。新條家の動産と不動産を持っている。それを根こそぎかっさらおうと思えば何をする？　相手の弱みにつけ込むのがいちばんの近道じゃないか」

「ひ、ひどい――」

兄に同情するつもりはいっさいないが、思わず口をついて出た。

「兄さんもクズだけど、久世さんもクズだ。お似合いの友人ですね」

「おいおい、言っただろう？　和史とはもう友人じゃない。義理とはいえ、弟を犯すようなやつといっしょにしないでくれ。俺は友和の専務として、最高の土地を手に入れたいだけだ」

　久世は心外とばかりに言ってのけ、煙草に火をつける。

「君に頼みたいのは、和史から土地の名義を譲り受けること。交渉は俺がする。君は友和側の人間として、俺のとなりにいるだけでいい。晴れて目当ての土地が君の名義になった日には、友和リゾートが君から土地を買い取る。君には億単位の金が入るはずだ。十分人生をやり直せる。悪い話じゃないだろう」

　考えるまでもない。真那也は久世を見据えると、きっぱり言った。

「お断りします。兄が何を失おうが知ったことではないですが、俺は二度とあの人に会いたくない。そこまでして新條家の土地が欲しいなら、久世さん自身の力で手に入れてください。俺は新條の家を出たときに自分の過去を捨てたんです」

　久世は「へえ」と呟くと、わざとらしく目を瞠ってみせる。

「君はそれほど強いのか。ならばなぜ、都会の喧噪に紛れるようにして生きている。俺には君が過去から逃げまわっているようにしか見えないんだがな」

　いとも簡単に強がりを暴かれてしまい、久世を映す眸が揺れた。

　もし遠くの大学に進学することを許されていたなら、いまのような生き方は選ばなかったかもしれない。しかし親代わりの兄が許した進学先は新條の家から通える地元の大学で、それは高校卒業後も地獄が続くことを意味していた。何も知らない親戚からも、「それがいい。真那也くんはお兄さんの側にいなさい」と執拗に説かれ——。

高校の卒業式を終えた次の日に、真那也は家中の現金をかき集めて家出した。

それから約四年。愛情と欲望のちがいが分からないので、恋愛なんて一度もしたことがない。兄と同じくらいの年齢の男、兄と似たような体格の男、そして他人の体温。真那也にはいまだに受け入れられないものがたくさんある。

言葉をなくした真那也をどう思ったのか、久世がゆっくりと煙を吐きだす。

「君が協力できないというのなら、そうだな——そのときは、新條家から土地だけでなく会社も奪うつもりでこの音声を使わせてもらう。君に迷惑をかけることもあるだろうから、覚悟だけはしておいてくれ。いまも昔もマスコミは下世話なネタが大好きだからな」

「やめてください、卑怯じゃないですかっ」

「卑怯で上等。それが俺のやり方だ」

冷めた表情で返され、息を呑む。

この人は本当に真那也の知っている久世なのだろうか。五年ぶりに再会した男の変貌が信じられず、煙草をふかす姿を呆然と見つめる。

「俺は君の過去をさらしたいわけじゃない。目的は新條家の土地を手に入れること、それだけだ。君が協力してくれるなら、この音声は和史以外にはぜったいに聞かせない。それは約束する。一週間後にあらためて返事を聞かせてほしい。ただしイエスという返事以外、俺は聞くつもりはない」

久世は言いたいことだけ言うと、灰皿に煙草の先を押しつけながらどこかへ電話をかける。きっと先ほどの男たちにかけたのだろう。「終わった。車をまわしておいてくれ」と伝えるのが聞こえた。

「じゃあ一週間後に」

久世が立ちあがり、軽く伝票を掲（かか）げてみせる。

「ちょっ——」

反射的に腰を浮かせたものの、何をどう言って引きとめればいいのか分からない。結局何も言えないまま、衝立を越えていく後ろ姿を見送る。

とんでもない悪党に居場所を捜し当てられてしまった——。

テーブルに肘（ひじ）をつき、頭を抱える。深く長いため息が出た。

兄には会いたくないし、脅（おど）しの片棒を担（かつ）ぐこともしたくない。

真那也がいちばんにしたこと、それは新しいアルバイト先を探すことだった。

期限は一週間。それまでに別の土地で生活を始めることができれば、久世から逃げられる。真那也はさっそくネットカフェに駆け込むと、インターネットを使って寮付きのアルバイトを探すことにした。

いままでやってきたアルバイトはどれも飲食店だったので、次の仕事も飲食店がいい。場所は東京近郊、時間帯は昼間。希望条件を入力して検索にかける。

——が、住居の世話までしてくれる店舗がまったくない。

仕方なく東京近郊という条件を外してみる。どきどきしたのも束の間、『ご希望の条件に合致する情報は見つかりませんでした』という素っ気ない一文が出た。

(……だよなぁ。分かってんだよ、ないってことは)

ぽりぽりとうなじをかきながら、ため息をつく。

ちなみにいままでは、アルバイト募集の貼り紙を見て、住まいについては店主と直接交渉してきた。二十軒に一軒くらいの割合で受け入れてくれる店主がいたので、なんとかやってこられたのだ。ネットを介するよりも従来どおりのやり方のほうが確実な気がするが、今回は何せ時間がない。

試しに寮付きというのを最優先事項にして検索にかける。案の定、自分には不向きだろう肉体労働系の仕事や、工場系の仕事が画面にずらりと並ぶ。

(電子部品の組み立てかぁ……。うーん、気が進まない……)

パソコンの前でため息をついたり唸ったりの繰り返しのなか、ふと思い立ち、友和リゾートの名前を検索にかけてみた。見切り品のパンをかじりながらホームページを開くと、空と水をイメージしたような明るい画面があらわれる。

（なんだ、ちゃんとしてる会社っぽいじゃん）

メイン事業は、リゾート開発と都市部の再開発。その他にも手広く事業を展開していて、タワーマンションや企業の保養施設なども造っている。リゾート開発にいたっては、国内だけでなく近隣国にも手を伸ばしているようだ。

へえと思いながら、『ご挨拶』のタブをクリックする。

まずは取締役社長である久世の伯父らしき人の写真が載っていて、次に社長の息子なのか同じく久世という名字の副社長、その次に専務として久世の写真が載っていた。

おそらく専務に昇進したときに撮ったものだろう。写真の久世は細いストライプ柄のシャツに光沢のある白のネクタイを合わせ、さわやかな微笑をたたえている。

（なんでだろ。やっぱり顔つきがちがうんだよなぁ）

ホームページ上の久世は、昔とたいして印象をたがえていない。むしろ、そのままだ。ならば、いまの久世――この世の荒漠を一身に背負ったような、あの殺伐とした雰囲気はどこからやってきたのだろう。

笑うとじゃっかん目許の辺りがやわらかくなるものの、心の底から笑っているように見えないのはなぜなのか。いまの久世に似合う色をあげろといわれれば、真夜中の漆黒と、冬の湖面のような灰色しか思いつかない。真那也の記憶に残る久世は、皺ひとつない白色のシャツの似合う人だったのに。

（都会暮らしが長いとあんなふうになるのかな？）

首を傾げながら友和リゾートの名前で検索を続けていると、ブログらしいタイトルが表示された。深く考えないままクリックし、ぎょっとする。

友和のやり方は汚すぎる。先祖の土地を返せ返せ返せ——。

ブログ主の恨みつらみが、スクロールしてもスクロールしても続く。新しい記事はなく、とっくに遺物と化したようなブログだったが、いまだにこんなものを閲覧できる状態にしていることが恐ろしい。次に表示された匿名の掲示板はもっと露骨で、当て字にした久世のフルネームのあとに殺したいと書かれていたり、暴力団との繋がりを示唆するものまであった。

（う、わあ……）

この手の書き込みを鵜呑みにするつもりはないものの、まっとうに生きていればここまでの恨みを買うことはないはずだ。もしかして新しい仕事と住居を見つけてから佳宵を辞めるというのは、呑気すぎる考えなのかもしれない。いまのいままで悪い印象がひとつもなかった人に、まさか追いつめられるとは——。

（参ったな。この時期の野宿はきついし、しばらくカプセルホテルにでも泊まろうかな）

だけど行くあてがまるでないっていうのもなぁ……とぐずぐず悩んでいる時点で、やはり呑気だったのだろう。呆気なく幕切れが訪れたのは、それから三日も経たない日のことだった。

早番で佳宵に出勤して早々、オーナーとコック長の二人から解雇を告げられたのだ。

「ちょっと待ってください。いきなり解雇ってどういうことですか⁉」

「訊きたいのはこっちのほうだ。君はやくざとどんなトラブルを……いや、聞きたくない。巻き込まれるのはごめんだ。今日一日だけ時間をやる。頼むから荷物をまとめてとっとと出ていってくれ」

よくよく話を聞いて青ざめた。どうやら閉店後の佳宵に、暴力団幹部を名乗る男たちがやってきたらしい。新條真那也を解雇しろ、あれの身柄はうちで預かる等々、強面の男たちから迫られたようで、オーナーとコック長は傍から見ても分かるほど、混乱していた。

「それ、はったりですよ！　俺はやくざとトラブルなんか起こしてません。そんな人たちとは会ったこともないし、話したことだってないんですからっ」

二人につめ寄りながら、ふと久世の顔が脳裏をよぎる。

まさか――。

はっとして動きを止めた真那也を、オーナーが怯えた目つきで見る。

「うちの商いを邪魔しないでくれ。君は日本人だろ。働き口ならいくらでもあるはずだ。どこの誰がやくざと関わっているやつを雇いたいものか」

昨日までの給料だと胸に封筒を押しつけられ、何も言えなくなった。いずれにしても辞めようと思っていたのだ。そう割り切ろうにも、あまりにも理不尽な仕打ちに悔しさが募(つの)る。

「いままでお世話になりました。ご迷惑をおかけしてすみません……」

真那也は佳宵をあとにすると、バッグから久世の名刺を取りだした。

友和リゾートは都内にオフィスを構えているらしい。名刺をぐっと握りしめ、足早に駅へと向かう。いますぐ久世に会って、「卑怯者っ！」と大声で罵(のの)りたかった。


中華街から電車と徒歩で移動して約一時間――。

辿(たど)り着いた先で「ここだな」と呟き、真那也は唾を飲む。

いったい何階建てなのか。首をぐっと後ろに反(そ)らさなければ、上階が見えないほどの大きなビルだ。ビルの上部には友和リゾートの社名とロゴマークが燦然(さんぜん)と輝いている。

いままでいろんなところでアルバイトをしてきたが、オフィスビルのなかでは働いたことがない。もちろん入るのも初めてだ。真那也がビルを前にして棒立ちになっている間にも、スーツ姿のサラリーマンたちが、忙(せわ)しげな足取りで自動ドアを出たり入ったりする。

薄汚れたコートに毛玉のできたマフラー。逃げるように引っ越しを重ねてきたせいで、冬服というとこれしかない。少しの逡巡(しゅんじゅん)のあと、奥歯を嚙みしめて自動ドアをくぐる。

会社の規模を示すかのようにエントランスホールもまた広い。ぎこちなく辺りを見まわし、受付を見つけた。

白と水色を基調としたブースに二人の女性スタッフが控えている。ホームページがそうであったように、ブースも明るくさわやかな印象だ。まちがいなく真那也は珍客の類いだろう。怪訝そうな二人の視線を感じながら、できるだけ堂々とした足取りでブースに進む。

「新條真那也といいます。専務の久世さんに取り次いでください」

「シンジョウさまでございますね。失礼ですが、久世とお約束はされていますでしょうか」

そんなものはしていない。「いえ」と短く答えて、受付台に手をつく。

「とにかく取り次いでください。俺に用があるのは久世さんのほうなんです。新條の弟が来たと言ってもらえれば分かるはずですから」

「そう仰られましても——」

「お願いします、本当に知り合いなんです!」

ひとりとやりとりをしている間に、もうひとりがどこかへ電話をかける。

警備員を呼ぼうとしているのだろうか。くっと顔を歪めたとき、電話を終えたスタッフが慌てた様子で立ちあがる。

「失礼いたしました。新條さまでございますね。久世のもとへご案内いたします」

いきなりたなごころを返されておどろいた。ぽかんと瞬いているうちに彼女がブースから出てきて、「どうぞ、こちらへ」と真那也をエレベーターホールへ連れていく。

どうやら久世は十二階にいるらしい。彼女に先導されるまま十二階で降り、廊下を歩く。

十二階のオフィスは間仕切りのない開放型になっていて、立ち働くスタッフたちの姿が廊下からでもよく見えた。ということは、真那也の姿も彼らに見えるだろう。みすぼらしい自分の格好が気になりうつむいて歩いていると、彼女が一枚の扉の前で足を止めた。専務室というプレートがついている。その扉を彼女がノックする。

「専務。新條さまをお連れしました」

ややあって「ありがとう」と応える久世の声が聞こえた。女性スタッフは扉を開けると、真那也に辞儀をしてから、もと来た廊下を帰っていく。

専務室には久世の他にもスーツ姿の男たちがいた。打ち合わせでもしていたのかもしれない。久世は真那也の姿を認めると、彼らに退席を促す。誰かが真那也を見て「あの方は？」と尋ねていたが、久世の返答までは聞こえない。彼らが全員専務室から出ていって初めて、久世がニッとした笑みを真那也に投げかける。

「まさか君のほうから出向いてくれるとはな。電話の一本くらいかけてこいよ。俺が中華街まで迎えに行ってやったのに」

「そこまでしていただく義理はありません」

「君は友和リゾートにとって大事なお姫さまだ。その程度の世話くらい、焼かせてほしい」

「俺は男です。たとえ女でもお姫さまじゃありません」

「丁寧に迎える心づもりがあったという意味で言ったんだよ、俺は」

いまだににやにやと笑っているのが腹立たしい。真那也はつかつかと久世のもとへ歩むと、両手でバンッとデスクを叩いた。

「俺をクビにしたのは久世さんでしょ⁉　まだ約束の一週間まで日があったのに、卑怯じゃないですか！　やくざまで使って」

「知人の名前を借りただけだ。君はもう少し世間を知ったほうがいい。あの店は寮費として君の給与からかなりの額を引いてるぞ。休日もほとんどないらしいな。あれじゃいくら働いても底辺暮らしから抜けだせない。働くだけ損だ」

「そんなこと久世さんには関係ありません。俺は働ける場所があるだけでいいんです」

「よく言うよ。あの店を辞めて新天地で仕切り直そうと思っていたんだろう。君がネットカフェに行って求人サイトを見ていたことは知っている。大人ぶって一週間の猶予(ゆうよ)なんて与えるもんじゃないな。だから逃がさないように強引な手段をとった。この答えなら満足か？」

またもや見張られていたらしい。おおかた七里香にいた男たちがその役割を担(にな)ったのだろう。

真那也は思いきり顔をしかめると、立て続けにデスクを叩いた。

「寮費のことまで調べてるんなら、俺に家がないことは知ってますよね？　佳宵をクビになるってことは、住んでる部屋をなくすってことなんですっ。俺は明日からどうやって生活していけばいいんですか！」

久世はぎゃんぎゃん騒ぐ真那也を視界に収めたまま、ゆっくりと瞬く。

「なんだ、そっちを怒っているのか。だったら俺の部屋に越してくればいい」

本気で言っているのだろうか。これで解決だろうと言わんばかりの口調が信じられず、まじまじと久世を見てしまった。はっとして我に返り、再び眉間に力を込める。

「俺は男の人といっしょには住めません。久世さんは兄と同い年ですよね？　ぜったいに無理です」

「仕方ない。だったら野宿だな。機能性に優れたテントを買ってやる」

「ちょ、テントって」

人の道に外れているのは久世のほうなのに、細々と生きてきた自分のほうが耐え忍ばなければならないなんてありえない。いっそう険しくした顔でバンッとデスクを叩く。

「まだ冬なのにテント暮らしなんかできるわけないでしょっ。俺のためにホテルを用意するとか、ウィークリーマンションを借りるとか、そういう対応はしてくれないんですか⁉」

「君は逃げ慣れているからだめだ。ホテルやウィークリーマンションを用意したが最後、俺の前から姿を消すつもりだろう。ようやく君を見つけたんだ。いまさら逃がすようなへまはしたくない。つべこべ言わずに俺の側にいろ」

「な、……」

まるで口説き文句だ。特に最後の一言が。

（――んなわけがない！）

自分で自分に突っ込んだのも束の間、頬のほうは勝手に赤らんでいく。だがうつむくと負けのような気がして、赤らんだ顔のまま、久世をねめつける。

久世が何も言わないので、見つめ合う形になってしまった。

ややあって、「なるほどな」と平淡な声で呟かれる。

「男が苦手だから、必要以上に男を意識するのか。そう警戒しなくても、君におかしな真似はしないさ。前にも言ったとおり、俺が欲しいのは新條家の土地だ。君じゃない」

「――――！」

わざわざ念を押されたせいで、羞恥心が桁ちがいに大きくなった。ただでさえ赤い顔をさらに赤くして、「分かってますよ、そのくらいっ」と声を荒らげる。

ついに久世が噴きだした。

「おどろいたよ。えらく威勢がいいんだな。君は新條の家を出て性格が変わったのか？　昔の君は、俺の前ではもじもじとはずかしがってばかりだったのに」

「猫を被ってたんですっ。あなたは俺の友達じゃなくて兄さんの友達だったし、俺よりも年上の人だから！」

「ああ、そういうことか。なるほど、かわいい猫を被っていたんだな。だけど威勢がいいのも嫌いじゃない。本当の君と対面できてうれしいよ。まあ座ってくれ。時間はあるんだろう?」

久世が笑いながら、応接用らしいソファーに手のひらを向ける。

無視して専務室を出ることもできたが、行くあてはどこにもない。渋々といったていでソファーへ進み、腰を下ろす。

「確かに君を解雇させるように仕向けたのは、卑怯だったかもしれない。だがあの中華料理屋で働くのは、もうよしたほうがいい。君を怖がらせてはいけないと思い、あえて伏せていたんだが――」

久世はデスクの抽斗(ひきだし)から封筒を取りだし、それを持ってソファーへやってくる。

何が入っているのだろう。封筒の中身と意味深な物言いが気になり、眉をひそめる。久世は真那也の斜め向かいに腰を下ろすと、封筒から中身を取りだした。

「これを見ろ」

手のひらほどの大きさのカード――いや、はがきだ。ざっと見て、六、七枚はあるだろうか。久世がそれらをテーブルに並べていく。

「こ、これは……」

表書きはどれも新條の家で暮らす兄宛になっている。特徴的なのはその筆跡だ。あきらかにごまかされたもので、定規を当てて書いたらしい釘文字(くぎもじ)だ。

真那也が呆然としていると、久世が一枚のはがきを手に取り、読みあげる。

「新條和史様。新緑の候、貴殿におかれましては益々ご清栄のこととお慶び申し上げます。さて、弟君が出奔されて早三か月。お節介かと思いましたが、真那也殿の所在があきらかになりましたので、貴殿にお知らせしたく筆をとった次第でございます。現在真那也殿が暮らしておられますのは、吉祥寺本町の和食処しぐれの二階。一度会いに行かれてはいかがかな」

「なっ……」

目を瞠り、久世の口許を凝視する。

真那也が上京して最初に見つけた住み込みのアルバイト先が、和食処しぐれだ。

「まだあるぞ」

久世が別の一枚を手にする。

「謹啓、時下ますますご清祥のこととお慶び申し上げます。貴殿の弟君は一所に落ち着けぬ性分なのでございましょうか。現在は喫茶Jで給仕をしているとのこと——」

真那也は反射的に立ちあがると、久世の手からはがきを奪った。わずかな風が生まれ、テーブルの上にあった残りのはがきが散らばる。

「ど、どうして……どうしてこんなものが……」

「差出人は分からない。だがこれを書いたやつは執拗に君の周りをうろつき、君の居場所を和史に知らせようとしている。君が住居とアルバイト先を変えるたび、密告するはがきが新條家に届いているんだからな」

久世は散らばったはがきを集めると、再びテーブルに並べていく。

はがきの枚数は、真那也が住居ごとアルバイト先を変えた回数と一致する。消印は一年前のものがいちばん新しく、そこには佳宵のことが書かれていた。

「差出人に心当たりはないか？　たとえば地元の友人や知人に近況を知らせたとか、最初のアルバイト先で知り合った人間といまだに連絡をとっているとか」

「いえ、そういうことはまったく」

久世は「そうか」と呟くと、ため息をつく。

「俺のほうも少し調べてみたんだ。といっても、和史の友人にそれとなく尋ねることしかできなかったんだが。率直な印象として、和史側の人間ではなさそうだ。二十代後半にもなれば早いやつは結婚しているし、仕事でも部下を持つ。いくら友人の弟が家出をしたからといって、いまだに気にかけているやつはいなかったよ」

そうだろうと思う。四年という歳月は、頭で思うよりも長い。真那也も久世が名乗るまで、久世のことを忘れていたくらいなのだ。

胸の奥がざわめくのを感じながら、手のなかのはがきに目を落とす。きっとかなりの筆圧をかけて書かれたものなのだろう。親指を這わすと、点字のような凹凸を感じた。差出人の醜く歪んだ念が見えるようだった。

「はがきのこと、兄さんはなんて言ってるんですか？　兄さんも差出人に心当たりがないと？」

「いや、和史は見ていない。受け取っていないんだ」

「……え？」

兄宛のものを兄が受け取っていないということがあるのだろうか。

咄嗟にはがきを引っくり返し、宛先を見る。住所にまちがいはない。ばたばたとテーブルに手を這わせ、残りのはがきの宛先も確かめていく。「ど、どうして……」とうわ言のように繰り返しながら、はっとした。

「もしかして兄さんは、もう新條の家には住んでないんですか？」

久世はすぐに答えようとしなかった。

しばらく真那也を見つめてから、「いや」と首を横に振る。

「和史はいまも実家で暮らしている。このはがきは、木原のじいさんが郵便受けから抜き取っていたものなんだ」

「木原さんが？」

久世の親戚で、新條家の住み込みの杜氏でもある木原――。

兄が見ていないものを久世が持っている理由に合点がいき、額に手を当てる。魂ごと抜けでるようなため息がこぼれた。

「君と和史のことは、住み込みで働く従業員たちの間で噂になっていたらしいぞ。だが簡単に信じられることじゃない。そうこうしているうちに君が行方をくらまして、噂が真実味を帯びてきた。じいさん自身、和史に何も言えなかったことを後悔してたんだ。そんなとき、たまたま配達員から他の郵便物といっしょに受け取ったのが一枚目のはがきだよ」

ぜったいに和史さまに追わせてはいけない、坊ちゃんの家出が無駄になる——。

久世が語る木原の心情は、木原自身の声となって真那也の脳裏にこだまする。

木原は一枚目のはがきを目にして以降、おそらく毎日欠かさず人目を忍んで郵便物を確かめていたのだろう。目当てのものがなければ胸を撫でおろし、届いているときは注意深く抜き取る。木原の緊張を想像すると、真那也の胸も動悸を打つ。

「だけどじいさんも七十を超えた。去年いっぱいで新條酒造の杜氏は引退して、いまはひとりで暮らしている。だから和史宛にはがきが届いても、もう抜き取ることはできない。どうにかならないかと最近になって初めて打ち明けられたんだ」

「じゃあ、佳宵で久世さんと再会したのって……」

「ああ、偶然じゃない。俺はこのはがきを見て、君が働くあの店に行ったんだ」

そうだったのか——。

口のなかで唱え、両手で髪をかき上げる。いつの間にか生え際にじっとりとした汗をかいていた。

「とりあえず君は荷物をまとめて俺のところへ来い。こんなものを和史に送りつける輩もいるんだ。君はしばらく身を隠したほうがいいだろう。和史から土地を奪うことができたら、新しい仕事も住居も俺が探してやる」

目の前にずらりと並べられた釘文字のはがき。こんなものを見せられてしまえば、言うべき言葉はひとつしかない。

「仕方ないですね。そういうことでしたらお世話になります」

真那也は大きく息をつき、久世に頭を下げた。


逃げるどころか、まさか久世のもとに身を寄せるはめになろうとは——。

(ほんと、ついてないや)

真那也はセダンの後部座席で顔をしかめ、疲労に疼くこめかみを揉む。

いったんアパートに戻って荷造りをすることになったのだ。真那也のとなりには久世が、運転席と助手席には、先ほど紹介されたばかりの男たち——久世のボディーガードの立原と佐伯がいる。

「伯父が勝手に雇ったんだ」

久世はうんざりした顔つきで言ったが、真那也はネットで物騒な書き込みを見ていたのであまりおどろかなかった。それでも一応へえと目を瞠り、「命でも狙われてるんですか?」と訊いてみる。「仕事で少々張り切りすぎてね」とさらりとかわされた。

立原は土佐犬似で、佐伯は軍鶏に似ている。筋肉質で強面なのは共通だ。とはいうものの、久世は二人は久世よりも年下で、佐伯にいたってはまだ見習いの立場らしい。だからなのか、久世は二人に車の運転をさせたり、真那也を見張らせたりと、好きに使っているようだ。

荷造りは一時間ほどで終わった。夕食はとなりのテーブルで立原と佐伯に見守られながら、居心地悪くフレンチのコース料理を食べ、車はいま、久世の住むマンションへ向かっている。

(あーあ。せめて久世さんが昔のままだったらよかったのに)

どうしようもないことを思いつつ、こめかみを車窓に預けて目を閉じる。

アルバイト先とアパートを往復するだけの日々が突如終わってしまったのは、兄宛のあのはがきを久世が入手したせいだ。差出人もまさか宛名とまったく関係のない男の手に渡るとは思ってもいなかったにちがいない。地団駄を踏んで悔しがる姿が目に浮かぶ。

(大馬鹿だな、はがきを書いたやつ)

ふっと暗い笑みを浮かべたとき、「着いたぞ」と久世が言った。

車はいつの間にか地下の駐車場に続くスロープを進んでいる。かなり広い駐車場なので、マンション自体も大きいのだろう。へえと思っているうちに地下のエントランスが見えてきて、車が停まる。

先に久世が車を降り、真那也もボストンバッグを手にしてあとに続く。立原と佐伯は、久世と真那也がエントランスに入るのを確かめてから帰っていった。

「ボディーガードってなんか大変そう」

独り言のつもりで呟いたのが聞こえたらしい。久世がニッと笑い、「明日からは俺じゃなくて君を見張らせようか？　俺から逃げられないように」と、わざわざ真那也の耳許でささやいてくる。

極端に近い距離は苦手だ。ぞわっと頬が粟立ち、横髪ごと耳をかきむしる。

「いまさら逃げませんよ。次の仕事と住む場所をちゃんと用意してもらわなきゃ、割に合いません」

「利口な判断だ。まあしばらくは俺のマンションで過ごすといい。セキュリティーもしっかりしているし、コンシェルジュに言えばたいていのものは揃えてくれる。君をつけ狙っているやつも、ここには入れないだろうよ」

相槌を打ちかけてからはっとする。

「えっ、コンシェルジュ？」

久世の暮らすマンションがハイクラスのタワーマンションだと知ったのは、一階のエントランスホールに着いたときだった。

ホールの中央には大きなオブジェがあり、視線を少し横に流せば、豪奢なソファーをいくつも置いたロビーラウンジがある。ロビーラウンジのガラスを通して庭園灯に照らされる樹々が見えたので、庭もあるということだろう。

「な、なんか、すごいところに住んでるんですね……」

「友和リゾートのマンション部門が手がけた物件だ。さすがに俺の肩書きじゃ、他社の関わっているマンションには住めない。俺はどこでもいいんだけどな」

「ちなみに何階に住んでるんですか？」

「最上階」

答えそのものよりも、久世がどうでもよさそうな声で答えたことにおどろいた。

（タワマンの最上階って……）

いったい家賃はいくらなのだろう。それとも分譲、いや、社宅扱いなのだろうか。上層階専用のエレベーターのなかで下世話なことを考えているうちに、部屋に辿り着いた。

「入れよ。今日からしばらくは君の部屋でもある」

そう言って久世は扉を開け放ったが、はいそうですねとばかりに、ずかずかと入るのはためらわれる。さっさと室内に入っていく後ろ姿を見つめてから、そろりとスニーカーを脱ぐ。

「お邪魔、します」

廊下は幅広で天井も高く、マンションらしい圧迫感がまるでない。左右にも上下にも視線を這わせながら、廊下を進む。

久世が独身というのは本当のようで、リビングは広いだけで殺風景だった。

目立つ家具はというとダイニングセットとL字型のソファーくらいで、観葉植物のようなものはひとつも置かれていない。生活にこだわりがないのが分かるような部屋だ。昔の快活な久世には似合わないかもしれないが、いまの殺伐とした雰囲気の久世にはよく似合っている。

「適当に荷ほどきしろよ。洗面所とバスルームは玄関を入って右手。キッチンはここ。好きに使ってくれて構わないが、冷蔵庫のなかにはミネラルウォーターとビールしか入っていない。俺が不在のときに腹が減ったら、二階か四十三階の住人専用のカフェラウンジで食べてくれ。請求は世帯主に行くようになっている」

「コンビニは近くにありますか？」

「コンビニで買えるようなものは、コンシェルジュに言えば用意してくれる。部屋番号と俺の名前を伝えればいい。そっちの支払いも俺がする」

真那也に金を使わせるつもりはないということか、それともこのマンションから出るなということか。おそらく両方だろう。聞こえよがしにため息をついてから、ラグの上に膝を揃えて座る。

家具や家電、ちょっとした調理器具などは、佳宵の借り上げているアパートに備えつけられていたので、荷ほどきするほどのものは持ってきていない。それでも一応ボストンバッグを広げ、すぐに使うものから取りだしていく。

「和史との交渉は今度の土曜日だ」

食器棚を開ける音と重なっていたのでよく聞きとれなかった。首を伸ばしてキッチンを振り仰ぎ、咥え煙草でマグカップを取りだしている久世を見る。

「土曜って言いました？　明後日の？」

「ああ。日曜日に都内のホテルで蔵元の交流会があるんだよ。和史は前日入りする予定らしい。新條酒造で働いてる後輩から聞きだした情報だからまちがいない。同じホテルを押さえているから、そこで交渉に持ち込む。腹をくくっておけよ」

　あまりにも急な話におどろき、固まってしまった。

「ま、待ってください、早すぎます。心の準備ができないじゃないですか」

「俺のとなりにいるだけでいいのに、どんな準備がいるって言うんだ。君だって長引かせたくないだろ。さっさと終わらせて、俺から離れていけばいい」

　そう言われても、気が重いのに変わりはない。表情を曇らせてセーターをたたみ直していると、マグカップを二つ持った久世がやってきた。

「軽いバッグだなと思っていたが、荷物はたったのこれだけか。二泊旅行レベルだぞ」

「簡単に持ち運べる量じゃないと、兄さんがやってきたときにすぐに逃げられませんから」

「なんだ、やっぱり逃げてたのか」

「まちがえました。会いたくないだけです」

「同じだと思うけどなぁ」

　呆れるように笑った久世が、真那也にマグカップを差しだす。コーヒーのいい香りがした。

「心配しなくても和史は君を追いかけてこないさ」

「どうして分かるんですか？」

「結婚するらしい」

「結婚って……えっ、兄さんが？」

結婚という二文字と、記憶のなかにある兄の顔がすぐに結びつかなかった。久世は真那也の戸惑いをよそに「ああ」とうなずくと、ソファーに腰を下ろす。

「結納(ゆいのう)はまだのようだが、ほぼ決まりらしい。相手は近県の蔵元の娘だ。おおかた親戚筋から勧められた見合いだろうよ。女の整理はどうするつもりなんだろうな」

（女の整理……？）

意味が分からず瞬く真那也に気づいたのか、久世が肩を竦(すく)めて苦笑する。

「愛人がいるんだよ。いや、独身なら愛人とはいわないか。新條酒造の秘書室の子と、飲み屋の女の二人。まったく羽振りがいいのか、ただの馬鹿なのか」

結婚という言葉すら受け止められないというのに、婚約者の他に二人も恋人を持っているとは。「そんな……」と力なく呟きながら、ラグの毛並みをぼうと見つめる。

「おいおい、どうしてショックを受ける。まさか義理の兄貴のことが好きだったなんて言うんじゃないだろうな」

久世の言葉で我に返った。キッと眦(まなじり)をつり上げ、「そんなわけないじゃないですかっ」と吐き捨てる。

「だったらなぜ呆然とする。三十手前の男が結婚するのは、ごくごく一般的な話だろ」

「婚期なんてどうでもいいですよ」

　本当にどうでもいい。短くため息をつき、額に手を当てる。

「だって俺はずっとあの当時のことを引きずって生きてるっていうのに、兄さんはすっかり忘れて、自分の人生を愉(たの)しんでるってことじゃないですか。結婚？　愛人？　なんですかそれ。だったら俺に手を出す前に結婚すればよかったし、愛人だろうが恋人だろうが、二人でも三人でも四人でも作ればよかったんです。あの頃の俺は高校生だったけど、兄さんはもう社会人だったんですから」

「ああ、そういうことか。和史はいつか自分の行いで身を滅ぼすだろうよ。たったひとりを愛せない男なんかクズだ」

　もしかして久世は、真那也の気持ちに寄り添うつもりで言ったのかもしれない。だが、ここに兄はいない。真那也の身の内で生まれた苛立ちは、そのまま久世に向く。

「俺から見たら久世さんもたいして変わりませんよ。女の人に言い寄られるのが面倒だから結婚指輪をつけるなんて、意味が分かりません。裏を返せば、後腐(あとくさ)れなく付き合える人なら大歓迎ってことでしょ？　適当に遊んでる兄さんと、真剣な恋愛はお断りの久世さん。どっちも似たり寄ったりです」

一気に言うと、久世がわずかに息を呑み、「参ったな」と苦笑する。

「君に会うときは、指輪を外しておくべきだったな。指に馴染んでいるせいで、すっかり忘れていたよ。後腐れも何も、俺はたとえ一夜だろうが、用のない女と付き合うつもりはないから指輪をつけているんだ。俺は惚れた人には一途だよ。相手にされなくても想い続ける。他はいらないんだ」

「執念深いんですね。ますます最悪です」

さらりと口にしたあとではっとする。いくらなんでも言いすぎだ。自由に生きている兄の近況を知り、久世に八つ当たりしてしまった。「あ、いやその」といまさらながら口ごもる真那也をどう思ったのか、久世が肩を揺らして笑う。

「そうか、俺は執念深いのか。ま、当たりだな。執念深くなけりゃ、他人の守る土地は手に入れられない。褒め言葉として受け止めておくよ」

褒めたつもりはいっさいないのだが、ようは真那也の失言を聞き流してくれたということなのだろう。すみませんと詫びる意味でぺこんと頭を下げてから、コーヒーをする。

苛立ちをあらわにしてしまったあとなので、なんだか気づまりだ。とにかく空気を変えたくて、大げさな動作でリビングを見まわす。

「ところでその、俺は今日からどこで寝たらいいんでしょう」

「ああ、忘れてた。いちばん大事なことだよな。寝室はこっちだ。案内する」

ソファーを立った久世を追い、真那也もラグを立つ。

久世は廊下に出ると、リビングにいちばん近い扉を開けた。モノトーンで設えられた部屋の中央に、キングサイズのベッドが見える。

「ゲストルームもあるにはあるんだが、残念ながらクローゼットがわりになっている。俺はリビングのソファーで寝るから、君がここを使えばいい」

ということは、主寝室なのだろう。無駄なく整えられた部屋は魅力的だったが、久世が昨夜まで使っていたベッドで眠るということに抵抗を覚える。

久世の背中から一歩離れ、当たり障りのない言葉を探す。二度も続けて失言するのは、さすがに避けたかった。

「ええっと、俺はソファーでいいです。ここは久世さんの寝室ですし、しばらくお世話になるのに、ベッドまで占領するのは気が引けるっていうか……」

「おかしな気をまわすのはよせ。君から部屋と仕事の両方を奪ったのは、俺じゃないか」

「そのことはもういいです。テントじゃないだけで十分ですから」

「あれは冗談で言ったんだ。そもそも君は友和リゾートにとって――」

久世はふいに口を噤むと、なぜかまじまじと真那也を見る。

あまり見つめられることには慣れていない。真那也がさりげなく唾を飲んだのと同時に、久世の唇が波を打つ。

「君は啖呵（たんか）を切ってみたり、しおらしく遠慮をしてみたり、おもしろいな。ひとりで寝室を使うのが心苦しいというのなら、俺といっしょにここで寝るか？　ちなみに俺は、君と同衾（どうきん）でもまったく構わない」

「ど、同衾？」

キングサイズのあのベッドに久世と並んで寝転ぶ姿を想像し、ざっと鳥肌が立った。

「俺、そういうのはぜったい無理ですから！　本当はこんなふうに男の人と二人っきりになることだって無理なのにっ」

「だったら立原と佐伯も呼んでやる。俺と二人っきりじゃなくなるぞ」

「な……」

「一度そういうのを経験してみるといい。兄貴のことなんかどうでもよくなるはずだ」

そういうのとはどういう状況をさすのだろう。単に男四人で過ごすことを言っているようには思えず、気がついたときには「使わせていただきますっ」と叫んでいた。

「うん？」

「寝室ですよ、寝室！　俺がひとりで使わせていただきますっ」

久世がくくっと笑う。

「じゃ、そういうことで」

あっさり決着がつき、拍子抜（ひょうしぬ）けした。

もしかして久世は、性質の悪い冗談を装いつつも、本音の部分では、真那也に使うと言わせたかっただけなのかもしれない。見事に引っかかってしまったらしい自分に気づき、頬が熱くなる。

(くそう……一日も早くここから出てやるっ)

真那也は久世を見ないようにしてリビングへ戻ると、ボストンバッグから歯ブラシを取りだし、床の目だけを見ながら洗面所に向かった。「どうした、怒ったのか?」と久世が訊いてきたが、聞こえないふりを貫いた。

＊＊＊＊

翌日――。

「立原と佐伯にマンションの出入り口を見張らせている。ここから逃げようと思うなよ」

久世はしつこいほど真那也に念を押すと、仕事に行った。

最寄りのコンビニがどこにあるかくらいは知りたかったが、真那也がマンションを出た時点で立原と佐伯が金魚のフンのようにあとをついてくるのだろう。なんだか画的に嫌だったので、大人しくマンションのなかで過ごすことにした。

結局久世は午後の早い時刻に帰ってきた。真那也のことが気にかかり、仕事を早めに切りあげたらしい。身のまわりのものを揃えるために買い物に連れていかれ、夕食も外でとった。

「いよいよ明日だな。君の人生の転機になるはずだ。俺の側にいるんだぞ」

「……嫌ですって言ってもだめなんですよね？」

「当たり前だ」

すげなく返され、ため息をつく。その夜はほとんど眠れなかった。

兄と顔を合わせるのは嫌だし、強請りまがいの交渉の場に同席するのも嫌だ。だからこそ新しい土地で生活を始めるつもりだったのに、久世に捕まってしまったのだから仕方がない。

だが心を無にして交渉の席につきさえすれば、もとの生活――都会の隅で淡々と生きていく生活に戻れる。久世には正社員の職を斡旋してもらおう。住居は真新しいアパートかマンションで、徒歩二、三分で駅に着くところがいい。たった一日やり過ごすことで、この二つが手に入るのだ。

（大丈夫、ぜったいできる。すっごく簡単だし）

土曜日――真那也は何度も同じ言葉を胸のなかで繰り返し、怖じ気づく心を奮い立たせた。

久世は兄が泊まる予定のホテルに立原と佐伯を張り込ませている。二人から連絡が来たのは、リビングの窓から見える空に暮れかけの色がまじり始めた頃だった。

「行くぞ。和史がチェックインしたらしい」

久世の言葉に強張った顔でうなずき、買ってもらったばかりのコートを羽織る。

昨日試着したときは気に入っていたのに、今日はなんだか落ち着かない。久世の車に乗り込んだあとも落ち着かず、何度も何度も唾を飲む。

おかしい。喉の奥に石ころでもつまっているような感じだ。いくら喉をさすっても閉塞感を拭うことができず、セーターの襟ぐりを握りしめ、大きな息を繰り返す。

「どうした。大丈夫か」

久世はコンビニに寄ると、ミネラルウォーターを買って戻ってきた。

なぜか小刻みに手が震えてしまい、ペットボトルのキャップを捻ることができない。久世に開けてもらってからミネラルウォーターを口にする。

呼吸が楽になったのは束の間だった。車が走り始めると、また喉が塞がれたようになる。

「むっ、無理……」

真那也が今日一日のなかで、初めて発した言葉らしい言葉はそれだった。

「無理だよ、帰るっ。俺は兄さんになんか会いたくないいっ」

この車はおぞましい過去と対面すべく進んでいる。いますぐ降りなければ心が壊れてしまう。

怖い、嫌だ、会いたくない——喉につまった石ころを吐きだすかのように叫び、助手席のドアに手をかける。ロックがかかっていることが分かると、シートベルトを外して思いきり肩をぶつけた。

「よせ、落ち着くんだ！」

「落ち着いてるよっ。あの人には会わない、会いたくないって俺はずっと言ってる！　なのに久世さんが無理やり俺を連れていこうとするから……っ」

喚き立てているうちに呼吸が浅くなり、ひぃ、ひぃ、と喉が引きつったような音が洩れる。

その頃にはもう久世の声は聞こえず、頭の芯が焼き切れたかのように熱くなり――。


――気がついたときには、久世の住む部屋のベッドの上だった。

スタンドライトがひとつ灯されているだけでほの暗い。夜をまとわせた天井をじっと見つめ、どうやって帰ってきたんだっけと頭を巡らせる。

何もかも夢のなかの出来事のようではっきりしない。ただ、久世が「もういい、今日は中止する！」と叫んだとき、ほっとして泣いてしまったのを覚えている。

きっと寝室で休んでいるうちに眠ってしまったのだろう。そういえば昨夜はほとんど寝ていない。首を動かすと、久世がベッドの縁に背中を預けているのが見えた。

真那也が目覚めたことには気づいていないらしい。ときどき髪をかき上げては、宙を見つめている。床の上にたたみもせずに投げられたジャケットが、今日一日の久世の疲労を物語っているようだった。

真那也はゆっくりと上体を起こした。

久世がはっとしたように振り向く。しばらく真那也を見つめたあと、ため息まじりの声で「よう」と言う。

「気分はどうだ。眠って楽になったか」

「あ……はい」

「汗をかいてたぞ。何か飲んだほうがいい」

久世は真那也の返事を待たずに立ちあがると、寝室を出ていく。しばらくして水の入ったグラスを持って戻ってきた。

一口、また一口と時間をかけて水を飲む。乾いた体に水が染み渡っていくのがよく分かる。息を吐きだしてから、今日はすみませんでしたと謝るつもりで久世のほうを向く。

先に口を開いたのは久世だった。

「呆れるな。和史と離れて四年になるのに、まだあいつが怖いのか」

声音は抑えたものでも、苛立ちはひしひしと伝わってくる。たったいま飲んだ水が、心を貫(つらぬ)く氷柱(つらら)に変わるようだった。

「君はもう高校生じゃない。新條(しんじょう)の家を出てから自分の力で必死に生きてきたんだろう。なのになぜ竦(すく)む」

「だって、会いたくない……。嫌なんです」

「ああ、何度も聞いた。だから俺は君に難しいことは要求していない。交渉は俺がするし、君は俺の側にいるだけでいいんだ。それの何が怖い」

久世が苛立っているのは、今日の計画が頓挫してしまったせいだろう。目をしばたたかせながら「すみません……」と謝る。久世の表情がいっそう険しくなった。

「なぜ君が謝る。俺が強引に和史のもとへ連れていこうとしたんだろうが」

「でも俺は……行くつもりだったから」

「笑わすなよ、腹をくくってあのざまか。君は俺の前で和史に犯されるとでも思っていたのか？　それを俺が止めないとでも？　ありえないだろ。俺は外道じゃない」

「すみま――」

「だから謝るなと言ってるだろ」

荒々しく息を吐いた久世が、ベッドの縁にどかっと腰を下ろす。軋んだスプリングにいままでにない距離の近さを教えられ、びくっと肩が跳ねる。

怖いから離れてほしいだなんて、この状況ではとても言えない。少しでも距離をとろうと久世のいる側とは反対の方向に体を捻り、ヘッドボードの端にグラスを置く。

「言えよ」

ふいに尖った声を放たれた。

「……え？」

「和史にどんなふうに抱かれたのか言ってみろ」

確かに聞こえた声に息をつめ、久世を見る。

「な、なんでそんな……言いたくありません」

「ひとりで腹のなかにためておくからしんどくなるんだろうが。君はこの先も逃げ続けて生きていくつもりなのか？　自分の過去から、和史から、二年も三年も十年も？　あとにいったい何が残る。いまなら取り戻せるものも、十年後には取り戻せないかもしれないんだぞ」

乏しい明かりのなか、鋭い双眸が真那也を射貫く。嫌だと首を横に振っても、久世は表情を変えようとしない。言えと促す強い眼差しにあぶられ、ひくんと喉が震えてしまう。

本当は分かっていた。このままではいけないと。

陽の射す場所では必ずまとわりつく影法師。木陰に逃げ込んだとしても、一歩踏みだせばまた現れる。真那也の両足をけっして放そうとしない影。それは兄そのものだ。

兄の影を引き剝がしたい。

もう嫌だ、もとの自分に戻りたい。何度そう泣いたことか。

「もともと俺と兄さんは、そんなに仲がよくなかったんです……」

語ることで兄の影がわずかでも薄くなるのなら――。

それを信じ、胸の奥底に閉じ込めていた思いを、ぽつりぽつりと言葉にしていく。

「やっぱり歳が離れてるせいでしょうか。兄さんは新條の父のようにまめに話しかけてくるタイプじゃなかったから、うまく打ち解けられなくて。だけど俺は義理の弟として兄さんのことが好きだったんです。母が再婚するまでひとりっ子だったせいかもしれません。兄っていう存在ができたことが単純にうれしくて」

いま思えば、適切な距離を保っていればよかったのだ。『兄』ではなく『母の再婚相手の息子さん』という接し方で。兄のほうは真那也のことを『父の再婚相手の連れ子』としか思っていなかっただろうに。

「ただ兄さんは、ときどき俺のことをじっと見てたんです。視線の意味がよく分からなかったんですけど、俺のことが嫌いならじっと見たりなんてしないだろうなって呑気に考えてて。ようするに子どもだったんですよ、俺は」

均衡が崩れたのは、高二のある夜。兄に勉強を教えてもらいたくて、勇気を出してその部屋を訪ねたときだ。両親は知人夫妻と夕食をともにするとかで帰宅しておらず、母屋にいたのは兄と真那也だけだった。

それまで兄に勉強を見てもらったことは一度もない。だが模試を控えているというのに真那也の家庭教師は体調不良で休んでおり、解けない問題を尋ねる相手が兄以外にいなかったのだ。

(邪険にされたらさっさと退散すればいいや)

だめでもともとのつもりで部屋を訪ねると、意外にも兄は嫌な顔をしなかった。

「高二の数学か。参ったな、忘れているかもしれない」

などと言いながら、真那也を追い返すどころか、自分のデスクにつかせる。どこかしら高揚している様子の兄を見て、無性にうれしくなったのを覚えている。

ああ、こんなふうに頼ればよかったんだ。もっと早くこうしていれば、本当の兄弟のように兄さんと仲よくなれたんだ、と。

馬鹿だと思う。兄の高揚が性的興奮から来ていることにまったく気づいていなかった。数学を教えてもらう間、ずっと耳許（みみもと）に兄の吐息を感じていたことも、二度か三度、唇らしきものが耳の尖りに触れたことも、特に不思議に思わなかった自分が腹立たしい。兄の吐息が熱く湿ったものになってから、初めて疑問を抱いたのだ。

(兄さん、なんか変だ)

途端に二人っきりでいるのが怖くなった。

「ごめんなさい、兄さんも疲れるよね。こんな時間までありがとう。助かりました」

早く自分の部屋に戻ったほうがいい。デスクに広げたものをばたばたとたたんでいく。けれど椅子を立つ寸前、背もたれごと兄に抱きしめられた。

「いまさら逃げるのか。部屋に入ってきたのはお前のほうだろう」

ひどい言いがかりだ。いや、自分が非常識だったのだろうか。

混乱する真那也の口を、兄が手のひらで塞ぐ。同時にもうひとつの手をハーフパンツの真ん中に伸ばされ、布越しに性器を摑まれた。

「っん……！」

「俺より優秀になる必要はないから、次は息抜きの仕方を教えてやる。ひとりでいじるより気持ちいいぞ」

暗い笑みを浮かべた兄の横顔と、男子の証を揉みしだく手が信じられない。口を押さえられているせいで顔を動かせず、兄の部屋のカーテンを眸に映しながら、じょじょに変容していく体の芯を感じる。やっと楽になったと思ったときには、ハーフパンツは生温かな吐精の液にまみれていた。

「真那也はいけない子だな。俺の手に擦りつけるようにして腰を動かしただろう?」

濡れた手を真那也のTシャツで拭いながら、兄が目を細めて微笑む。

した覚えのないことをしたと言われ、またもや混乱した。

「ベッドへ行こう。パンツも下着も脱げばいい。きれいにしてやる」

もしかして仲のいい兄弟は、兄が弟に勉強以外のことも手ほどきしたりするのだろうか。

一瞬馬鹿なことを考えたせいで、逃げだすのが遅れた。精液にまみれたハーフパンツをどうすればいいのか分からなかったのもあるし、母が手に入れた『家族』を壊してはいけないと自制心が働いたのもある。

分かることはただひとつ。

怒るのを後まわしにして戸惑う真那也の幼さに、兄はつけ込んだのだ。

「——そこからはあまり覚えてないんです。逃げかけたところを力ずくでベッドに連れていかれて、抵抗すると頬を叩かれて……。弟なら弟らしく大人しくしておけとか、母親を悲しませたくないだろうとか、そんなふうに言われたと思います」

その夜以降、兄はたがが外れたように真那也に執着し始めた。

夜中に部屋へ忍んでくる兄を拒むため、部屋のドアに手製の鍵をつけたこともある。兄はそれを父に言いつけ、父が怒りながら取り払った。家に帰るのが怖くて夜の街をぶらついていたときも、やはり兄が父に言いつけた。

「真那也。お前はこの家の何が嫌なんだ」

父から何度訊かれても、反抗期の子どもを演じて「別に」としか答えられなかった。

――だって兄さんが無理やりセックスするんです。

本当のことなど、言えるわけがない。

真那也が嫌がれば嫌がるほど、兄は真那也を手荒に抱くようになった。

そのくせ、両親の前では年の離れた弟を心配する兄を演じるので、兄を避ける真那也のほうがかわいげのない弟ということになった。母は「どうして和史さんと仲よくできないの」としょっちゅう泣いていた。

高二の夏の終わりから、何度兄に抱かれたか分からない。真那也が諦めて大人しく体を差しだせば、兄は機嫌がよくなり、父と母に「真那也は落ち着いてきているよ」などと言う。それを聞いて安堵する両親の姿を見てしまうと、兄に抗う気持ちが日に日に削げた。

どうせ力では六歳上の兄にかなわないのだ。痛い目に遭いたくないのなら逆らわないこと。体がそれを覚えてしまうと次第に感覚が麻痺し、兄に対して「嫌だ」と声を上げることもなくなった。あの頃の自分はほとんど人形のようだったと思う。

「母さんと父さんが亡くなったあとも、高校に行きたくてがんばったんです。学校は唯一、心を取り戻せる場所だったから。……俺くらいでしょ。義理の兄に抱かれるのをがんばるなんて」

自嘲して口の端を持ちあげる。久世はにこりともしなかった。

「恋ってどんな感じなんでしょうね」

腕を伸ばし、ヘッドボードに置いたグラスを取る。水はすでに室温にぬるんでいて、涙に似たあたたかさで喉を滑り落ちていく。

「兄さんは俺のことが好きだったんでしょうか。それとも嫌いだったのかな。嫌いだったなら、どうしてあんなことをしたんだろう。嫌いだからできることなんですか？　同性なのに？　俺にはそれが分からない。だから誰かを好きになったこともないんです」

久世はしばらく何も言わなかった。

じっと真那也を見ていたかと思うと、ふっと目を逸らし、ため息をつく。

「馬鹿馬鹿しい」

ぼそっと聞こえた声に目を瞠る。

「ば、馬鹿馬鹿しいって」

「他にどんな言葉が適当だっていうんだ。君は自分を切り捨ててまで和史の暴力に耐えてきたんだろうが。だったらその強さに見合う生き方をしろ。家出して手に入れた新しい自分を活かそうとせず、なぜいまだに過去にとらわれる。和史と、和史に従うしかなかった自分、君はその二つを捨てるつもりで、家を飛びだしたんじゃないのか?」

的を射たことを言われてしまい、カッと目許(めもと)が熱くなった。咄嗟(とっさ)に枕を引っ摑み、思いきり久世に投げつける。

「あんたが思うほど、簡単なことじゃないんだよっ」

もう忘れよう――何度も念じてきたが、忘れられないからこんなことになっている。

本当は警戒することなく誰かといっしょに過ごしたい。恋もしたい。友達とくだらない話をして笑ったり、休日の予定を立てたり、ふつうの日々を過ごしたい。兄に抱かれるまではどれも当たり前の日常で、特別なことではなかったのだ。

「俺はぐじぐじするのが好きで、ぐじぐじしてるわけじゃない。乗り越えられないんだよ。分かる? できないの。忘れようってどんなに自分に言い聞かせても、どれだけ遠くへ逃げても、俺の頭のなかはすぐにあの頃のことでいっぱいになるんだよっ!」

二つ目の枕を投げつけようとしたときだった。ベッドに踏み込んできた久世が真那也の腕を摑む。

「だったら俺が忘れさせてやろうか」

言葉と眼差しの強さ、ありえない近距離。すべてにおどろき、目を見開く。

「俺が和史よりもひどいやり方で君を抱いてやる。ショック療法みたいなもんだ。前の男を忘れるには、新しい男を知るのが手っ取り早い。君はこれ以上過去に振りまわされなくて済むし、俺も仕事が捗る。どうだ、いい方法だと思わないか？」

「な……」

——思うわけがない。

「冗談でしょ」

引きつる笑みを浮かべ、腕を引く。が、久世は放さない。本気だと察したときには、ベッドに押し倒されていた。

「……っ……！」

人はおどろきすぎたとき、悲鳴を上げられないものらしい。体だけでなく、頬も口許もがちがちに強張らせ、目の前の男を凝視する。

「和史のことなんか忘れてしまえ。今夜から俺を憎めばいい。君の頭のなかを、俺でいっぱいにしてやる」

真夜中。密室。ベッドの上で二人っきり。——逃げ場はどこにもない。じょじょに久世の顔が近づいてくる。

ゆっくりと唇が押し当てられた。

「ま、待ってくださいっ。兄さんのことはもう忘れます、いますぐ忘れますから！」

口づけのあと、やっと声が出た。

舌が絡む感触に総毛立ち、我に返ったのだ。馬乗りになっている久世を押しのけるため、必死になって手足をばたつかせる。

「丁寧語に戻ったな。俺はため口を利かれるほうが好みなんだけどな」

「知るもんかっ」

叫んだあとで久世の希望を叶えてしまったことに気がついた。カッと頬を染めた一瞬が隙となり、セーターを脱がされる。

「ひ……っ」

どうしよう、このままでは本当に襲われてしまう。混乱と焦りで頭のなかが白くなり、ネクタイを引き抜く久世を呆然と見つめる。

だが、固まっている場合ではなかった。久世はシャツを脱ぐためにネクタイを外したのではなく、拘束の道具として使いたかったのだ。揉み合いながらそれに気づいたものの、痩せ型の兄にもかなわなかったのが、体格のいい久世にかなうはずがない。あっという間に頭の上で両手首を束ねられてしまい、愕然とする。

いい格好だなと笑われるなら、だめでもともとでも暴れる気になったかもしれない。見おろす久世が真顔なのが、本気の度合いを表しているようで怖かった。

腹を殴られたり、蹴られたりするのを思いだし、睫毛が震える。

「今度はちゃんと兄さんに会います……。全部久世さんの言うとおりにしますから……」

「その場凌ぎのことを言うな。どうせ土壇場で過呼吸を起こして倒れるのが関の山だろ」

にべもなく言い放った久世が背中を丸める。

左の胸に唇が触れた。

「……っ」

怖くなって目を瞑る。おかげで感覚が鋭敏になり、軽く舐めあげられただけで腰が跳ねた。

乳暈を辿る、熱く濡れたもの——久世の舌は円を描くように動き、時折先端をつつく。

なんだろう、この感じ。執拗に舐めあげられ、平坦だったはずの胸に花芽のような尖りができる。ぎゅっと凝ったせいで痛痒い。

もしかして乳首を立たせてから嚙みちぎるつもりなのだろうか。桃色のやわい皮膚が裂けるのを想像し、瞑るまぶたに力を込める。だが待てども待てども歯が来ない。久世はつくんと立った真那也の花芽に口づけてから、今度は右の胸を育て始める。

(…………?)

和史よりもひどいやり方で抱いてやる——そう宣言したわりにはやさしい気がする。

久世の胸の内が気になり、恐る恐る目を開ける。

胸にある黒髪のてっぺんをじっと見ていると、久世が上目をつかった。真那也と目が合うとなぜか唇を横に引き、左の乳首を摘まんでくる。途端にぴりっとした疼痛が胸を中心にして全身に走り、「ぅあっ」と叫んで弓なりになる。おかげで久世に胸を突きだすような、おかしな格好になった。

そんな格好をとってしまった自分におどろき、すぐさま背中をシーツにくっつける。けれど両方の乳首をいじられるとどうにもだめで、また弓なりになってしまう。

「や……あっ、あ……」

なんとか逃れようともがいていると、浮いた背中とシーツの間に手を入れられた。

手のひらの大きさも、指の一本一本の確かさも、真那也とはまったくちがう。手首を縛られていなかったとしても、おそらく久世にはかなわない。殴って殴り返されてしまったら、痣ができるだけでは済まないだろう。怖い、とあらためて思い、顔を歪める。そのくせ、乳首に吸いつかれると、「はうぅ」とはしたない声が出る。屈辱で頭がどうにかなりそうだった。

ああ、早く終わりますように――。

兄に抱かれるときと同じことを願っていると、ふいに久世が上体を起こした。

真那也のジーンズの釦を外そうとする手を感じ、咄嗟に体を捻る。が、すぐに戻されてしまい、釦を外すだけでなくジッパーも下ろされた。

終わるどころか始まってもいないことに気がつき、ぶわっと涙がこみ上げる。

「いっいやあっ」

必死にもがいても、久世にはまるで通用しなかった。有無を言わさぬ手つきで下着ごとジーンズを剝ぎとられ、頭のなかが恐怖一色に染まる。

真那也の両脚を割ってのしかかる男の体と、素肌に張りつくシーツ。覚えのあるそれらに、忘れたくても忘れられない過去といまとがごっちゃになる。

「にい、兄さっ……やあ、嫌ぁあっ」

頰を打たれ、口につめものをされてから、体の奥に男のものを捻じ込まれる――。

これから嬲られるだろう自分の姿が脳裏に浮かび、声の続く限り、悲鳴を上げる。ここにいるのが兄ではなく誰だというのか。さっと右手を持ちあげる仕草も変わらない。

騒ぐんじゃない――低い声での叱咤と、頰を打つ手。記憶どおりの夜が始まる気配に、強く目を瞑る。

「っく、っう……うぅ」

しゃくり上げながら待っていたが、いつまで経っても痛みは来なかった。そのかわり、やさしく頰に触れる手のひらを感じる。

まずは右の頰。次に左の頰。しばらくして、また右、左と触れてくる。

溢れて止まらない、真那也の涙を拭う手だった。まちがいないと確信してからこわごわと目を開ける。滲んだ視界のなかに久世がいた。

「よく見ろ。俺は誰だ」

「……く、久世さ……ん……」

「そう、久世。ここに和史はいねえよ」

口調が砕けている。いままでの久世より、なんだか久世らしい。

ひくっ、とまたしゃくり上げる。

「だって、久世さん……兄さんよりもひどいことするって言ったから……」

「だからって殴るわけねえだろ」

「じゃ、じゃあ、何するの……？」

「恋人がするセックス」

意味が分からなかった。ぱちっと瞬いた拍子に涙の粒がぽろんと落ちる。久世が苦笑して、また真那也の頬を手のひらで拭う。

恋人がするセックスと手ひどく抱くという行為は、イコールで繋がるものなのだろうか。

それからこの手。なぜ自分が組み敷いた相手の涙を気にするのだろう。兄は真那也の涙を拭うことなど、一度もしなかった。困った表情で真那也の頬を拭う久世が、いったいどんなひどいことをするというのか。

久世は勘がいいから、おそらく真那也の疑問に気づいたのだ。考えるような仕草を見せたかと思うと、真那也の前髪をかき上げる。

「恋人がするセックスは恋人同士しかしないことだ。俺は君に惚れてるわけじゃないし、君だって俺に惚れてない。にもかかわらず肌を合わせることは、互いにとって酷じゃないか？」

そう言われたらそうかもしれない。真那也が考えている間に久世の手が下方に滑る。当然のように性器を包まれ、思考が散った。

「や、あっ」

反射的に脚を閉じようとしたものの、脚の間には久世の体がある。両手首を束ねられた状態では久世に爪を立てることもできず、魚のように跳ねるのがせいぜいだ。どうやっても久世の手から逃げられず、茂みの真ん中で縮こまっている性器を伸ばされる。嬲るには程遠い、かわいがるような手つきだ。

兄とのことがあってから、自分で性器に触れたことはほとんどない。たまに触れたとしてもすぐに暴力的な性行為がよみがえり、萎えてしまうのだ。

それなのに――。

「っはぁ……あっ、あ……」

久世には馴染もうとしている自分の欲芯が信じられず、うろたえる。

撫でさする手がやさしいせいかもしれない。この手は真那也の涙を拭うこともしたのだ。まさか涙といっしょに恐怖心まで拭われてしまったのだろうか。下肢の真ん中でうごめく骨太い指を感じるたび、カッとまぶたが火照り、「あぁ……っ」と身を捩らせて喘いでしまう。さっきまで怖くて泣きじゃくっていたはずが、今度は別の意味で泣きたくなった。

「いい子だな。ちゃんと硬くなってきてる。もっとトラウマになってるかと思ってた」

「……なってま、す……」

「どこが。俺の手でも反応するんだ。惚れた男に抱かれたらすぐに吹き飛ぶさ」

「なんで男なんですか。俺は男の人なんか好きになんない」

涙声なのにも構わず主張すると、「へえ」と久世が片方の眉を持ちあげる。

「泣きじゃくっていたくせによくしゃべる口だな。これでも食ってろ」

「う……んっ」

何と訊くよりも早く、口のなかに左手を突っ込まれた。

他人の口のなかに平然と手を入れてくる神経が分からない。おどろいて頬を赤らめた真那也とは裏腹に、久世は躊躇することなく真那也の歯列をなぞっていく。唾液に濡れた舌を知られたくなくて、咄嗟に喉の奥に引っ込める。だが口のなかはたいして広くない。隠れることも逃げることもできず、あっさり久世の指に捕まった。

三本の指がもったりとした舌の根をもてあそぶ。くちゅ、と卑猥な音がした。

「ふぁめ……れ、よぉ……」

やめてよ、と言ったつもりが言葉にならない。

「なんだって？」

わざわざ訊き返されたのがはずかしくて、無遠慮な指に思いきり噛みついてやる。仕返しのつもりなのか、勃ちかけの屹立をぐっと握られた。

「ひゃっ……！」

悲鳴を放った拍子に、噛みついていたはずの口が開く。途端に屹立から圧が消えたので、やはり仕返しだったのだろう。言葉で抗議できないかわりに、潤んだ眸で睨む。何がおかしかったのか、久世が目許をほころばせた。

「そうカッカするな。大人しく俺の指をちゅぱちゅぱしてろ。君の体を痛めつけるようなことは何もしないさ」

言いながら鎖骨に口づけられ、ひくんと喉がわなないた。

口づけもやさしければ、真那也の性器を扱く手もやさしい。

きっといまだけだ。そう警戒しようにも、乱暴にされる気配がまるでない。慈しむように扱われ、真那也よりも先に果芯がほだされた。ただでさえ久世に馴染もうとしていたのだ。熱く熟し、甘えるように雫を吐きだす。

「かわいいな。俺のことは嫌いでも、俺の手は嫌いじゃないらしい」

「……う……」

否定したいのに否定できない。やさしすぎる愛撫に焦れた果芯が、久世の手のなかで悶え始める。すでに陰嚢の辺りまでぐしょ濡れだろう。先走りの露がとろとろと滴っているのが自分でも分かる。

「くう、う……」

なんでもいいから早くいかせてほしい。言えない言葉を秘めさせて、久世の指に歯を立てる。けれど引っきりなしにこぼれる喘ぎに邪魔をされ、さっきのように強くは噛みつけない。

「やあってふぁ……もう」

「だから、何」

「ふへはんの、ふぁふぁ」

どうせ通じやしないのだ。久世さんの馬鹿と言ってやる。

口の端から唾液が滴る。すすり上げるつもりが、久世の指に吸いついてしまった。小さく響いた音に久世が顔を上げ、ふっと笑む。

（あ……）

——この人は、俺に暴力を振るわない人だ。

なぜかその微笑で確信してしまい、久世の眸をじっと見つめながら、二度目はわざと指に吸いついてみる。

「ん……ん、ふ……」

人は夢中になって何かを頬張ると、安心するものなのだろうか。

久世の指を吸い、がしがしと甘噛みしているうちに、あれこれと巡らせた余分な思いが溶けていく。その間も下肢への愛撫は止まず、じょじょに切羽つまっていく快感が真那也のまぶたを桜色に染める。

「上手にしゃぶれるようになったな」

久世がやっと真那也の口から手を抜いた。不思議な心地好さにさらわれかけていたときだったので、「ぁふぅ」と鼻にかかった喘ぎが洩れる。

濡れた口許もそのままに乱れた息をついていると、ころんと体を裏返された。

「っ、や……!」

いくらなんでも久世に尻を向けるような格好はしたくない。ほどけかけていた心が再び強張り、四つ這いになってシーツの上を逃げる。が、両手は縛られたままだ。あっさり久世に捕まり、尻肉を割り広げられた。

「ひいっ」

孔は痛いからいじられたくない。ぎゅっと体を縮め、シーツに顔を埋める。

「恋人がするセックスだと言っただろ？　怖いことは何もしない」

「うう……」

ぜったいうそだ。忘れていたはずの兄の顔がよみがえり、さらに体を縮める。

最初に触れたのは唇だった。ちゅっと軽く、双丘の膨らみに口づけられる。次は何をされるだろう。息をつめて待っていると、尻の割れ目に舌を這わされた。

「は、ぁあ……ぁ」

熱い舌と吐息が後孔を這う感覚に、たまらず背をしならせる。

こんなところを舐められたのは初めてだ。まぶたがじんと熱くなり、遠吠えをする獣のような格好で喘ぎを刻む。舐めるだけでない、久世は真那也の性器もなおざりにしなかった。太腿の間から差し込んだ手で性器を執拗に揉みしだかれ、「あ、あっ」と喘ぎが迸る。

(ど、どうしてこんな——)

きゅっと唇を噛んだとき、いきなり体を引き起こされた。

「そろそろ限界だろ。ちゃんとねだることができたらいかせてやる」

「な、……!」

いまだにシャツを着ている久世と目が合い、頬が真っ赤に染まる。

対する真那也は手首を縛られ、全裸だ。昂ぶる体を持て余しているのは自分だけだということに気がつき、たちまち羞恥心でいっぱいになる。

「ト、トイレに行かせてください。自分で処理します」

「それがおねだりなのか？　萎えさせるなよ。処理するならここでしろ」

「ここ？　……できるわけないじゃないですか」

まんまとからめとられたことを知り、悔しさで涙がせり上がる。

けれどほんの少し、興奮もしていたかもしれない。ありえない要求をされているのに、下肢の狭間(はざま)の肉芯は硬起(こうき)したままだ。桃色の蜜口(みつぐち)に切なく露を滲ませ、いいからこの男の言うとおりにしろと真那也を急(せ)かしている。

(ど、どうしよう……このままじゃ、俺――)

もじっと太腿をすり合わせたときだった。久世が飛びかかってきて、強引に真那也の腿を割る。あっと思う間もなく、欲の根を口腔(こうこう)に収められてしまった。

「ひゃあ、あ、あっ」

自分の股座(またぐら)で久世の黒髪が揺れているのが信じられない。たっぷりと唾液を染みさせた舌が真那也の屹立に絡みつく。これほど強い刺激は初めてだ。いくらも経たないうちに息が上がり、濃厚な快楽が花びらのように重なって降り立つ。

だが、あと少しというところで放りだされてしまった。

久世は真那也を昂ぶらせるだけ昂ぶらせるとあっさり体を起こし、手の甲で口許を拭う。

「口と手、どっちが気に入った？　君のいいほうでいかせてやる」

「………………！」

またもや追いつめられたことを知り、愕然とする。たまらず目許を歪めると、久世が苦笑した。

「意地の悪い男だなと思ってるんだろ？　俺は君のためにやってるんだ。君は頑(かたく)なところがあるから、一度自分を捨てたほうがいい。そのほうがきっと楽になれる」

そんなふうに言われても分からない。射精の寸前で放りだされた体が泣きべそをかいている。

「む、無理やりに言わせようとするなんて、恋人がするセックスとは思えません」

上擦った声でなんとか皮肉を言うと、笑われた。

「ねだられるのが好きなんだよ。性癖かな」

六歳年上の男とは思えない、いたずらっぽい表情だ。不覚にもどきっとしてしまい、強がりを少しだけ溶かされる。

じっと久世を見ていると、久世が背中を丸め、真那也の果芯に口づけてきた。ちゅっと小さく湿った音が響く。甘く追いつめることはしても、無体なことはしない。久世の手法がなんとなく分かり、目許が染まる。

真那也はきょろきょろと寝室を見まわした。まちがいなく二人っきりだということを確かめてから、久世の耳に唇を寄せる。

「い……いかせてください……」

「どっちが希望?」

小さな声で伝えた真那也に合わせ、久世もささやくようにして訊いてくる。

変なところでやさしくするのはやめてほしい。恋人同士のじゃれ合いだと勘ちがいしてしまいそうになる。

「その、手でいいです」

「手でいい？　言いまわしがおかしいな。手のほうが容易(たやす)いだろうから、そっちでいいやと言ってるように聞こえる」

まさにそういう意味で言ったのだ。久世なら突っ込んでくるだろうことも分かっていた。だからといって、芽生(めば)えた欲望を正直に伝えるにはかなりの勇気がいる。

上下の唇を巻き込んでうつむいていると、久世に耳たぶをくすぐられた。

「いいから言ってみろ。ちゃんと応(こた)えるから」

「……っ」

これ以上は耐えられない。太腿の間で濡れた性器が早く早くと喘いでいる。乱れ打つ鼓動を感じながら、もう一度久世の耳に唇を近づける。

「訂正します。……く、口で……いってみたい」

言葉にした途端、顔が溶け落ちそうなほど赤くなる。

久世さんがしつこく訊くから答えただけで、別に俺は手でも口でもどっちでもいいし、ネクタイさえほどいてくれたら、本当にひとりでトイレで処理するし——と、ぐずぐず考えていた言い訳はまったく必要なかった。

「正直でよろしい」

満足そうに微笑んだ久世が、真那也を押し倒す。

広げられた脚の間に室温が触れる。「あっ」と声を上げたのと同時に、露まみれの果芯を唇で包まれた。

「はぁあ……ん……！」

とんでもない辱めを受けているはずなのに、言ってよかったと思ってしまうほどの快楽——。

熟れすぎた果肉をすするように唇と舌を使われ、まぶたの裏が白くなる。もしこの両手が自由だったなら、久世の頭をかき抱いていたかもしれない。腰が甘怠く蕩け、あっという間に高みへと連れていかれる。

「んん、出るっ……出るぅ」

必死に訴えても、久世は唇を離そうとしなかった。

それどころかしゃぶりながら吸いついてきて、射精を促してくる。溢れそうになっているものも、管の奥にたまっているものも、余さず吸いとられてしまいそうだ。腰がいっそう甘く溶け、かすれた声を上げながら仰け反る。

「ぁは……あ……っ」

舌づかいが淫らでとても逆らえない。必死になってかぶりを振りながら、こらえきれずに精を放つ。

まさか飲み下したのか、ごくっと喉を鳴らす音が聞こえ、うろたえた。

「え、ちょ……飲んだの？　うそ」

「だめだった？」

いや、だめなわけじゃないけど……と、口ごもっているうちに体を裏返された。再び尻肉を割られ、熱い舌が真那也の会陰の辺りを這いまわる。

「ひゃあ、ぁ、あ」

陰嚢から後孔までを行き来する舌に、射精の余韻が二度目の快楽へと変わっていく。特に後孔への愛撫は念入りで、きゅっと窄まったときには舌先で突き、ふっとほどけたときには舌全体で舐めあげてくる。

「小振りできれいなアナルだな。ここを愛しもせずに突っ込む男の神経が分からない」

どきっと心が色づくようなことを言われてしまい、反射的に久世を見る。

自分の尻の稜線越しに黒髪が見えただけで、久世の表情までは分からない。ときどき揺れる黒髪に、情熱的に動く唇を見てしまった気がして、また頬が熱くなる。

（ど、どうしよう……こんなの、困る）

愛する人にしかしない行為に呼応して、後孔がだらしなく喘ぎ始める。

久世には真那也を従わせたい意図がある――頭では理解しているはずなのに、後孔がもっとしてとせがむのを止められない。ひたすら熱い息を吐いて耐えていると、ふっと襞がほころんだ拍子に指を穿たれた。痛みを覚えるどころか、ぞくっと肌が粟立ち、「ひゃあっ」と甲高い声で啼いてしまう。

「っ、く」

尻の孔に指を挿れられて悦ぶなんてどうかしている。慌てて唇を噛んだものの、いっそう深く穿たれるとだめだった。いつの間にか勃ちあがっていた陰茎がぶるっと震え、はしたない雫をシーツに散らす。

「はぁ……ぅ」

「指、好きそうだな。気持ちいいのか？」

反射的にかぶりを振ったのを、久世は否定と受け止めたらしい。奥深いところでうごめいていた指を引き抜かれてしまい、頭で考えるよりも先に声が出る。

「ちがっ……やじゃない、さっきの」

言ったあとで、とてつもない羞恥に襲われた。けれど久世はからかうことなどせず、再び真那也の後孔に指を差し込んでくる。

「ぁあ……っ、あ……」

素直になってねだれば、ちゃんと与えてもらえる——単純なその構図が快感を増幅させた。

久世はときどき指を抜き、唾液を足してからまた穿つ。ぐちゅんと聞こえる水音が隘路の熟れ具合を教えている。何もかも久世のせいにしようにも、体がこうでは反論できない。真那也の果芯はふしだらに反り返り、引っきりなしに先走りの露を飛ばしている有様だ。

「どうする。俺のを食ってみるか？　指より食い応えがあるぞ」

遠まわしな表現でも、ほのめかされた行為が何なのかくらいは分かる。

これ以上乱れる自分を知りたくなくて、ぶんぶんと首を横に振る。そのくせ、持ちあげた尻を下げようともしないので、久世はおかしかったのかもしれない。ふっと吐息で笑うのが聞こえてきて、泣きたくなった。

「く、久世さんの、好きにしてください……」

「ねだられるのが好きだって言っただろ？　どうしてほしいのか、君の声で聞きたい」

二本の指でぐぐっと奥のほうを拡げられ、最後の砦が壊れた。赤く染まった顔をシーツに押しつけてから、意をけっして久世を振り返る。

「して、ください」

わざとなのか、久世がつっと眉間に皺を寄せる。

「何を？」

「な、何をって」

精いっぱいのおねだりのつもりだったのだが、足りなかったようだ。指で馴らされたところが疼いてしようがない。くしゃくしゃに顔を歪め、震える息を吐く。

「も、もう……我慢できません。挿れてください、久世さんの」

これでだめなら、どう言えばいいのか。うぅと嗚咽が洩れる。

「ま、ギリギリ合格ラインかな。もっと煽られたいところだが、経験のない子を苛めるのはかわいそうだ」

　微苦笑した久世がシャツを脱ぎ捨て、ベルトのバックルを外す。

　ああ、やっと……という思いが高まり、体中が熱くなる。逃げることも隠すこともせず、尻を持ちあげたままでいることなんて初めてだ。

「力を抜けよ」

　言葉と同時に腰骨を引き寄せられ、双丘の狭間に怒張が触れる。

「っあ……」

　この人、俺が相手でも勃つんだ――。

　そんなことを思ったのは一瞬で、ずっ、と音を立てて沈む男根の熱さを知り、思考が鈍く溶けていく。

　本当に恋人がするセックスのようだった。隘路を犯す昂ぶりに、ぐずぐずに吹きだまっていた欲望が攪拌される。馴らされていたときの唾液か、それとも久世の先走りか、じゅくじゅくと聞こえる水音にも高められ、果芯がわななきながら弧を描く。

　お願い、ここにも触ってほしい。――まさか心の声が聞こえたのか、久世が真那也の屹立に手を伸ばす。やわく腰を使いながら果芯を扱かれ、どっと白濁が溢れた。腰がへたりそうになったのを、久世が腰骨を摑んで立たせる。さらに深く咥えさせられた。

「はっう、う……ぅ」

こんなセックスは知らない。一度や二度の射精では足りないとばかりに体が昂ぶっていく。いっそ溺(おぼ)れてしまえば、楽になれるだろうか。快感に喘ぐ初めての自分をどう受け止めていいのか分からず、必死になってシーツのうねりを引っ摑む。

次の絶頂は目前だ。まぶたの裏にとりどりの光が瞬く。

ひとりではけっして見ることのできない、光。いっそう強く突きあげられ、光が弾(はじ)ける。

「ああ……っあ、は……」

しならせた真那也の背に、久世が唇を押し当てる。

熱い息にまみれた声で、真那、と呼ばれた気がした。愛(いと)しくてたまらない人を呼ぶような声だったので、空耳かもしれない。

＊＊＊＊

どんな夜を過ごそうとも、必ず朝は訪れる。

(お願いです、誰か夢だと言ってください。昨夜のことはすべて夢だと)

どうしようもないことを祈りながら、うぅと顔を歪(ゆが)める。

時計が見当たらないので、いまが何時なのか分からない。一夜明けたのは確実で、窓辺には陽だまりができている。久世(くせ)はすでに起きているらしく、寝室には真那也(まなや)ひとりだ。

いったいどんな顔をして久世に会えばいいのだろう。目覚めてからずっと、真那也は布団のなかで途方に暮れている。まさか恋も知らないうちから、恋人がするセックスを知ることになろうとは。昨夜のことをひとつ思いだしては落ち込み、またひとつ思いだしては落ち込む。

兄のように暴力的なセックスだったなら、これほど悶々とはしなかったと思う。久世は遊び半分のようなやり方で、真那也の理性を一枚ずつ剝ぎとっていったのだ。覚えたての快楽に逆らえずに溺れてしまったのは夜のうちだけで、朝を迎えたいまは、舌を嚙みきって死にたくなるほどのはずかしさしか残っていない。

その上、昨夜脱がされた服と下着が寝室のどこにもないというのはどういうことなのか。どれほど胆が据わっていたとしても、素っ裸では寝室から出られない。なぜ今日が日曜日なのだろう。せめて平日だったなら、久世は会社へ行っただろうに。

(ん、待てよ。もしかしたら出かけてるかも)

一縷の望みをかけ、真那也はそろりとベッドを抜けだした。寝室の扉にぴったりと耳をくっつけ、廊下の向こうの気配を探る。

どきどきしながら耳を澄ませてしばらく、「——ああ、俺だ」という声を聞いてしまい、げんなりと口角を下げる。どうやら久世は電話をしているようだ。週明けの会議がどうのこうのと言っている。

いくらなんでも月曜日になるまで寝室にこもっておくのは無理だ。がっくりとうなだれたとき、久世の声がじょじょに近づいていることに気がついた。

（うそっ、こっちに来ようとしてる⁉）

素っ裸で扉に耳をくっつけている場合ではなかった。抜き足差し足ではとても間に合わず、最後は駆け足になってベッドへダイブする。

真那也が布団にもぐり込むのと同時に、寝室の扉が開いた。

「なんだ、起きていたのか。下に響くからあまりどたばたするな」

バレてしまった——。

久世はまっすぐベッドへやってくると、縁に腰をかける。ぱふんと布団越しに肩の辺りを叩かれた。

「もう昼だぞ。ふて腐れてるのか怒ってるのか、どっちだ。いい加減に出てこいよ」

「…………」

ぜったいに布団をめくられないよう、しっかり摑んでだんまりを決め込む。

「こら。言いたいことがあるんなら、はっきり言え」

案の定、ぐいと布団を引っ張られた。

力比べでは負けるのが分かっているので、仕方なく目から上だけを覗かせる。

「俺のパンツ、返してください。それから服も」

「え？」

「え、じゃないよ。久世さん、隠したでしょ。素っ裸でどうやって寝室から出るんですか」

久世が「ああ」と苦笑する。

「悪い。何も考えずに洗濯機に放り込んだ。まだ乾燥中だ」

「どうして勝手に……。だったらリビングに置いてる俺のバッグを持ってきてください。着替えが入ってるから」

言ったとおりに久世が動いてくれるとは思っていなかったが、不思議そうな表情でじっと見つめられるとも思っていなかった。布団で隠している頬がほのかに熱くなる。

「な、何」

「ああいや、君はかわいい人だなと思って」

久世は微笑むと、布団から飛びでている真那也の髪に唇を寄せてくる。

「まさかパンツがなくて困っていたとはな。昨夜のことを謝るつもりはないが、服と下着を勝手に取りあげたことは謝るよ。君は素っ裸だろうがなんだろうが、怯まずに俺に殴りかかってくるタイプだと思ってた」

「は？　なんですか、それ」

いったい真那也のどこをどう捉えればそんな印象になるのだろう。確かに昨日は久世を相手に喚いたり、枕を思いきりぶつけたりもしたが、全裸で殴りかかっていけるほど、太い神経は持ち合わせていない。

「できるわけないでしょ。俺にもはじらいっていうものがあるんです」

「怒ることよりも羞恥心を優先するのか。意外だな」

「久世さんが俺を勘ちがいしてるだけだよ。だいたいこんな格好で――」

言いかけた口をふと噤んで考える。

久世の勘ちがいではないかもしれない。怒りと羞恥心を天秤にかけたとき、羞恥心のほうに傾くことは、いままでほとんどなかったような気がする。

だからといって全裸で暴れるのはありえないが、そこまでの怒りがもとよりない。経緯はどうであれ、傷ひとつつけないやり方で抱かれたのは本当で、快感らしい快感を初めて知ったのも本当だ。これでは怒ろうにも怒れない。

――と、自分の心を分析したあとで、あえて言う。

「言っとくけど、俺ははずかしいから布団に入ってるだけで、本当はめちゃくちゃ怒ってるから。いつか仕返しすると思うので、覚悟しておいてください」

ほとんど捨て科白の域だ。肌を重ねたせいで丸くなったと思われてはたまらない。たとえそれが真実だったとしても。

言うだけ言って、再びすっぽりと頭のてっぺんまで布団を被る。

「構わないよ」

その声は布団越しに聞いた。

「和史のかわりに俺を憎めばいいと言ったはずだ。俺はあいつとはちがう。気まぐれで君に手を出したわけじゃない。君のナイフなら正面から受け止めてやる」

物騒すぎて意味がよく分からない。久世の表情も気になったので、少しだけ布団をずらす。

滾りのない、凪いだ眸が真那也を見おろしていた。

「あの、もう少し分かりやすく言ってもらえません？　俺がいまここで包丁を握ったら、久世さんは大人しく俺に刺されるってことですか？」

もし久世の返事がイエスだとしたら、その覚悟はいったいどこから来るのだろう。

なんだか胸がぞわぞわする。悪寒とはちがう、おかしなざわめき。次第に速くなっていく鼓動を感じていると、「いまはだめだ」と返された。

「は？」

「まだ和史と対峙できていない。俺が望むものを手にしたあとなら、いつでも構わない」

ぱちぱちと瞬きながら、何それ、と口のなかで呟く。

久世が望むもの——ようは、兄名義の土地を奪うことが最優先事項らしい。どきどきして損をした。聞こえよがしにため息をつき、再び布団にもぐる。

「ほんと、意味分かんない。地べたの何がそんなに大事なんだよ。もう、なんでもいいから早く俺のバッグ持ってきて。トイレにも行きたいし、シャワーだって浴びたいのに、これじゃあ月曜日までベッドから出られないだろ」

「それが他人にものを頼む口か。力ずくで布団を剥ぎとるぞ」

「ため口を利かれるほうが好きだって言ったのは久世さんだろ？　あんなことしてきた人に丁寧語なんてもう使わない。六つも年上だから気をつかってたのに、騙された気分だよ」

結構な科白をぶつけたつもりだが、久世のほうは痛くも痒くもないらしい。声を立てて笑うのが聞こえる。

「うれしいな、俺好みになってくれて。君はそっちのほうがぜったいいいよ」

「知らないって」

がしっと布団にしがみつく。

布団を引っ張られることは覚悟していたものの、まさか上に覆い被さられるとは思っていなかった。圧迫感と息苦しさにおどろき、「んぐぐっ」と呻きながら顔を出す。おかげでニッと笑った久世と間近なところで対面するはめになる。

「気が変わった。昨夜の続きをしよう。本当の恋人は朝でも昼でもセックスするぞ」

「つ、続きって……も、完結してるしっ」

二度も久世の好きにされてはたまらない。布団から抜けだすつもりで力いっぱいもがく。

あれ、あんまり押さえ込んでこないな？　と思っていたら、すぽんと体が抜けた。勢い余ってベッドから転げ落ちてしまったが、抜けだすことができればこっちのものだ。

（よし！）

素早く体を起こして駆けだそうとしたとき、自分が素っ裸だということを思いだした。真っ赤な顔で「ああっ」と頭に手をやる真那也を見て、久世がくくっと肩を揺らす。

「トイレとシャワーだっけ？　行ってこいよ、追いかけないから」

「ひ、ぃっ……」

いまさら布団には戻れない。ぐっと奥歯を嚙みしめて、寝室を飛びだす。

久世は真那也が逃げようと暴れるのを想定して、拘束の手を緩めたにちがいない。そんなことにも気づかず、すっぽんぽんで、よし！　とまで思った自分を張り倒したいくらいだ。

「ぜったい入ってこないでよっ」

寝室に向かって叫び、バスルームの扉をバンッと閉める。

誰がシャワーで済ますものか。腹立ちも手伝って、勢いよくバスタブに湯をそそぐ。なみなみと張った湯に首まで浸かってから「あっ」と呟く。リビングに寄って自分のバッグを摑む余裕はなかったので、パンツを手に入れ損ねてしまった。

「………」

ぎゃんぎゃん喚いたあとだ。いまさら久世には頼めない。どうしよう。ぶくぶくと鼻から息を吐きだしながら、湯のなかにもぐる。

昨夜も散々だったが、一夜明けた今日も散々だ。

もしかしたら、明日も明後日も明々後日も、久世と同居を続ける限り、散々かもしれない。

結局、真那也は一時間以上もバスルームにこもっていた。

気づいた久世が乾きたての服とパンツを持ってきてくれたので、タオルで前だけを隠した格好で出なくて済んだのが幸いといったところか。

「困ってるなら、どうしてさっさと言わない。あれだけパンツパンツと騒いでおいて、着替えも持たずにバスルームに向かったなんて思わないだろ」

「……そんなにパンツパンツって言ってないし」

ぼそっと呟くと、前を歩いていた久世が振り返る。

「何か言ったか」

「なーんにも」

久世に「食事に行くぞ」と言われ、揃ってマンションを出たのだ。歩いて十五分ほどのところに行きつけの店があるらしい。

久世と同じ部屋にいると何が起こるか分かったものじゃないので、ちょうどよかった。とはいえ、真横に並ぶのは気はずかしい。だから真那也はマンションのエントランスを出たときからずっと、久世の背中だけを見て歩いているのだが。

「あれ？　行きつけの店って言いましたよね？」

「ああ、言った」

視界に入った風景が意外で、一応確かめる。

街路樹の並ぶ大通りから一本奥に入ったようだ。若い女の子向けのショップばかりが軒を連ねている。行き交う人も中高生らしい女子がほとんどで、場ちがいなのもはなはだしい。こういう通りに実は大人向けの食事処があったりするのだろうか。

（ない……よなぁ、たぶん）

首を傾げながらあとに続いていると、まっすぐだった久世の歩みが逸れ、ペンシルビルの外階段をのぼり始めた。

当たり前のように追おうとして、ぎょっとする。

ビルの一階はゴスロリ系のショップで、左右の店も似たようなテイストになっている。ついしかめた顔で「うわぁ」と言ってしまい、ちょうど店から出てきた女の子たちに思いきり睨まれた。すみませんという意味で小さく頭を下げて、駆け足で階段をのぼる。

久世は二階の店の前で真那也を待っていた。

「パンケーキは好きか？　結構がっつり食えるやつ」

まさか久世の口からパンケーキという単語が飛びだすとは。

あまりにも意外で返事ができないでいると、「だからパンケーキだよ」と久世が入り口に立てかけられているブラックボードをさす。カラフルなチョークで、パンケーキ工房・クノップと書かれていた。

（ど、どうして、パンケーキ……）

まじまじと店名を見て、「大丈夫。俺、好き嫌いとかないから」と、かろうじて口角を持ちあげる。久世はほっとしたように口許(くちもと)をほころばせると、扉に手をかけた。

「いらっしゃいませー！」

朗(ほが)らかな声を投げかけてきたスタッフも若い女の子なら、客も若い女の子たちばかりだ。どこからどう見ても男二人で入るような店ではない。テーブルに案内されるまでの間に、高校生くらいの四人組の客にくすっと笑われたのが分かり、いたたまれなくなる。

（なんでパンケーキなんだよぉ、嫌がらせかよ）

居心地悪く久世とテーブルにつくと、スタッフが水の入ったグラスとメニューブックを持ってやってきた。

「めずらしいな、日曜日に。二度見したよ」

久世に話しかけたらしい。はっとしてスタッフを見る。長い鳶色(とびいろ)の髪をひっつめにした男性だ。コックコートを着ている。

「今日は連れがいるからハードルが下がったんだ。ランチセットってまだある？」

「あるわけないだろ、何時だと思ってんだ。とっくに売り切れてるよ」

「あ、やっぱり？」

ぽんぽんと続く二人のやりとりを瞬きまじりに眺めていると、スタッフが「こんにちは」と真那也に微笑みかけてきた。すかさず久世が言う。

「この店のオーナーで店長の八木。大学時代の友人なんだ」

なるほど。嫌がらせではなく、友人のやっている店に連れてこられたということか。あれこれ考えていた自分がはずかしくなり、ほんのりと頬が赤くなる。

「えっと、初めまして。新條といいます」

頭を下げる真那也を久世が紹介する。

「地元が同じでさ、ちょっと前まで中華街で働いてた子なんだ。同級生の弟ってやつかな。兄貴のほうとは喧嘩してそれっきりなんだけど、こっちとは仲がいい」

「えっ、やめてくださいよ。俺と久世さん、全然仲よくないじゃないですか」

思わず言うと、久世がわざとらしく顔をしかめてみせる。

「仲がよくないのに俺の部屋に住んでるのか？　そりゃないだろう」

「や、だって——」

言いかけたものの、同居の経緯をどう説明すればいいのか分からない。結局しどろもどろになりながら、寮付きの仕事をしていたけれど辞めてしまったこと、とりあえず久世のもとに身を寄せていることを話す。

「へえ、そうなんだ。久世がいてよかったね。便利でしょ、あのタワマン」

「ええ、まあ、はい」

オーダーを取った八木がキッチンに戻るのを目で追ってから、むくれた顔を正面に向ける。

「なんで勝手なこと言うんですか」

「兄貴の持ってる土地を奪いたくて弟を拉致ったなんて言えるわけがないだろ。一応同居してるんだから、仲がいいことにしておけばいいんだよ。そのほうが自然じゃないか」

確かにそうかもしれないが、気に入らない。唇を尖らせてぶつぶつと文句を垂れる。

しばらくして二人分のパンケーキが運ばれてきた。久世は「おっ、来た来た」と目尻に笑い皺を刻むと、さっそくナイフとフォークを手にして食べ始める。

真那也はメイプルシロップとナッツのトッピングされたシンプルなパンケーキをオーダーしたのだが、久世がオーダーしたのは、ホイップクリームとフルーツがこれでもかとトッピングされたスペシャルなパンケーキだ。眺めているだけでも満腹になりそうなほどなのに、久世は手を止めることなく食べている。「もしかして甘いものが好きなんですか？」と尋ねると、「大好きだね」と即答された。

「えっ、好きなんですか？」

「悪いかよ」

そういえば久世は台湾茶館でも豆花を食べていた気がする。まじまじと目の前の顔を見てから、こらえきれずに唇を波打たせる。

「おい、なぜ笑う」

「だって久世さん、この店に似合ってないから」

甘いものが好き——想像もしていなかった一面を知り、少し心がほぐれた。へえと思いながら、真那也もメイプルシロップの絡んだパンケーキをぱくっと食べる。

「なんか意外です。煙草も吸うし、お酒だって飲むのに、甘いものも好きなんですね」

「関係ないだろ。問題はこの手の店にひとりじゃ入りにくいってことだ」

「ええー、気にするの？　全然気にしてないように見えたけど」

「気にするに決まってんだろ。ここは友達の店だからまだましだよ。特に今日は君がいるから入りやすかった」

「ほんとに？　俺のほうははずかしかったよ」

「二十二歳のくせして何がはずかしいんだ。あの辺の客といっしょじゃないか」

久世の視線をさりげなく辿り、ぷっと噴きだす。

「いっしょじゃないってば。あの子たち、高校生だと思うよ」

「そうか？　ま、俺から見たら二十二も高校生もたいして変わんねえよ」

「やめて。全然ちがうから」

なんでもない会話を久世と交わすのは初めてかもしれない。地元で暮らしていたときの、白いシャツの似合う久世の姿がよみがえる。

あの頃は緊張していてうまくしゃべれなかったが、久世は今日と同じように屈託のない雰囲気だった。年上の人だからと変に意識するのをやめていたら、歳の差を超えて親しくなれていたかもしれない。

（悪い人じゃないんだよなぁ。どっちかっていうと、いい人なのに）

おそらくここにいる久世は、真那也が知っている頃の久世だ。それに気づくと、兄名義の土地を奪おうと画策している久世のほうが別人に思えてくる。佳宵で転びそうになった真那也を抱きとめたときの久世も、なんだか威圧感を漂わせていて怖かった。

（どっちの久世さんが、本当の久世さんなんだろう）

そこまで考えて、ううん？　と眉根を寄せる。

恋人でもない相手を強引に押し倒してセックスする善人なんているわけがない。

（いい人なんかじゃないっ。ぜったい悪い人だ、悪い人）

うろたえながらパンケーキを頬張っていると、ふと久世の左手が視界に入った。人差し指と中指と薬指の三本に、点状の鬱血が並んでいる。

「どうしたんですか、それ」

何の気なしに訊いてからはっとする。

自分が乱されたことは覚えていても、こっちのほうはすっかり忘れていた。左手であの位置、あの形。まちがいなく真那也が噛んだ痕だ。

はあ？　と言いたげに久世が片方の眉を持ちあげる。

「経緯が聞きたければ聞かせてやる。これは昨夜の君が――」

「やめてくださいやめてください、ちゃんと覚えてますからっ」

真っ赤な顔でぶんぶんと首を横に振っていると、八木がやってきた。

「何、どうしたの？」と真那也と久世の双方に目をやってから、ミニサイズのケーキや色とりどりのジェラートの盛られた皿をテーブルの真ん中に置く。

「久世、これサービスな。特盛ドルチェ。二人でどうぞ」

「まじで？　やった」

「ちなみにクリームは試作品のホワイトチョコ味だから。あとで感想聞かせてくれよ。うまかったらパンケーキに添えようと思って」

タイミングよく八木がテーブルに来てくれて助かった。

「ありがとうございます。うわぁ、おいしそう」

真那也も笑みを広げてドルチェの盛り合わせを覗き込んでいると、「うん？」と八木が訝しげに呟くのが聞こえた。

「どうしたんだよ、その手。犬にでも嚙まれたのか？」

はっとして顔を上げる。八木が久世の左手に釘づけになっているのが分かり、じんわりと汗が滲んでいく。

「これ？」

久世は左手を持ちあげると、ちらりと真那也に目をやってから言った。

「犬じゃなくてたぶん猫。ちょっかい出してたらさ、思いっきり噛みつかれたんだ」

「たぶん猫、って……」

微妙な言いまわしに気づいた八木が、真那也を見る。おそらく真那也に補足を求めたのだろうが、犬でも猫でもなくて俺の歯形です、なんて言えるわけがない。

「な、なんかちょっと、変わった感じの猫だったんです。ハクビシンみたいな」

と、汗をかきながら言ってみる。

ハクビシンというくだりで、久世が盛大に噴きだした。

「ちょ、なんで笑うの」

「いやだって」

八木は複雑そうな表情で久世と真那也を見てから、「なんかよく分かんないけど、気をつけろよ」と言い残し、キッチンに帰っていた。

久世はミニサイズのティラミスにフォークを伸ばしつつ、まだ笑っている。

「ハクビシンはないだろ。美形の白猫って言っとけよ」

「たぶん猫とか言ったの、久世さんじゃないですか。俺、フォローしたんだよ？」

「目の前のこの子に噛まれたなんて言えないだろ」

「当たり前」

頬の火照りを鎮めたくて、せっせとジェラートを口に運ぶ。

ホワイトチョコ味のクリームを添えると、バニラのジェラートがいっそうおいしくなった。口に広がる甘さと昨夜のセックスがなぜか繋がってしまい、また頬が赤くなる。

「どう思う？　この店」

「どうって……いいんじゃないですか？　八木さんもいい人っぽいし、パンケーキもおいしかったし」

赤く染まった顔を見られたくない。うつむいてちまちまとジェラートを口にしていると、ひそめた声で「働く気はないか？」と訊かれ、おどろいた。

「働くって俺が？　ここで？」

少し声が大きかったようだ。久世が唇に人差し指を当てる。

「人手が足りなくて困ってるらしい。誰かいないかって以前から八木に訊かれてたんだよ。昨夜の君の様子じゃ、和史に会うのは当分無理だろ。しばらく俺のマンションでのんびりしてもらっても構わないが、バイトをするのも気分転換になっていいんじゃないのか？」

「や、でも」

客としてテーブルにつくのと、スタッフとして働くのとでは、わけがちがう。中華街の派手な雰囲気は隠れ蓑になったが、ここでは隠れられないだろう。金魚のなかにフナが一匹紛れ込むようなものだ。悪目立ちしそうで怖い。

「無理ですよ。だって若い子向けのお店じゃないですか。俺が働いてたら、お客さんに引かれると思います」

「んなわけがない。八木は俺と同い年だぞ」

「八木さんは別でしょ。オーナーで店長なんだから」

真那也が言っても、久世は納得しなかった。「いいと思うけどなぁ」と間延びした声で言い、店内を見まわす。

「和史と出くわしたくないんだろう？　だったら最高の立地じゃないか。たとえあいつが東京に来ても、この街のこのビルのこのパンケーキ屋には来ないよ。あんパンすら食わない男が、女物のショップに囲まれたビルに入ってパンケーキを食うわけがない。それに怪しいはがきを書いたやつ。あいつもここには来ないだろうな」

「どうして分かるんですか？」

「あのはがきは手書きだったじゃないか。いまどき筆跡を変えるのに、定規を使って文字を書く必要がどこにある。パソコンがあればフォントを選べるんだ。それをしないということは、パソコンを使えない高齢者の可能性が高い。パンケーキはまず食わないだろ」

少し思案してから、「そうかもしれないですね」とうなずく。

「何よりここは、俺の友人の店だ。特別やさしくされることはなくても、特別虐(しいた)げられることもないはずだ。新しい一歩には打ってつけだと思うぞ」

久世は久世なりに真那也のことを考えているらしい。なんだか意外に思いながら、あらためて店内に目を向ける。

「俺、大丈夫ですかね？」

「あの大きな中華料理屋のホールで働いていたんだから大丈夫だろ。それに君が家出をしてからやってきたアルバイトは、どれも飲食店じゃないか」

「あ、そういうことじゃなくって」

どう言えばいいだろう。目をしばたたかせながら言葉を探す。

「俺、兄さんとのことがあってから、人とどんなふうに付き合えばいいのか分からなくなったんです。佳宵はスタッフが多かったから、俺なんかほんと空気みたいな扱いで、そこが逆によかったっていうか。だけどここはアットホームな雰囲気のお店みたいだから、俺みたいにじめじめしたタイプは敬遠されるような気がして……」

「じめじめしたタイプ？　どこが」

久世がはっと笑い、ありえないとばかりに首を横に振る。

「俺に声を荒らげたり、枕をぶつけたりするようなやつが、じめついてるもんか。君は不安定な生活をしてきたせいで、自分を安く見積もる癖がついたんじゃないのか？　俺にはあの中華料理屋で暗い顔して働いてる君のほうが信じられなかったよ。君は昔から太陽の似合う人なんだ。いまもその印象は変わらない。家出してから四年の間に作りあげた自分は手放せよ」

太陽の似合う人——そんなふうに思われていたなんて知らなかった。

どう返せばいいのか分からず面食らっていると、「うん？　気に入らないのか？」と久世が眉根を寄せる。

「俺はそう気が長いほうじゃない。兄貴のことはさっさと忘れて一日も早く君に交渉の席についてほしいから、こうして世話を焼いてるんだ。君がもたもたしているうちに新條家の土地を他社に奪われたらどうする。ただじゃおかないからな」

「はあ？」

どうして土地の話になると、こうもむきになるのだろう。太陽の似合う人という言葉でほだされかけていた気持ちが見事に吹き飛んだ。

「久世さんの都合なんて、俺には関係ないし。そんなに土地が欲しいなら、兄さんに頭を下げて頼めばいいじゃん」

「それをしたくないから君を捕まえたんだろうが」

互いにしかめっ面で睨み合うさなか、ふと久世が表情をほぐした。おもむろに頬杖をついたかと思うと、ニッとした笑みを真那也に向ける。

「一日に数時間でもバイトをすれば、昔を思いだすことも減るだろう。それとも君は毎晩俺に抱かれるほうがいいのか？　新たに始める日常生活のなかで和史を忘れるのと、俺に力ずくで体の記憶を塗り替えられるのと、どっちがいい」

「…………！」

いきなりそんな二択を迫るなんてずるい。眇めた目で見つめられ、かあっと頬が熱くなっていく。

「どうした、真っ赤になって。俺に抱かれるほうがいいのか。おどろいたな。期待に応えられるよう、今日からジムにでも通おうか」

「ま、まだ答えてません」

一夜明けた今日ですら、久世が善人なのか悪人なのか分からなくなっているくらいなのだ。あれ以上の快楽を教えられてしまったら、本当に心も体もぐずぐずに溶けてしまう。

「別に俺、働くのが嫌で迷ってるわけじゃないんです。ただちょっと不安だったから」

「で、どうする？」

「決まってるでしょ。働きます」

――そう答えるしかないだろうに。

細く息をつく。ため息まで赤く染まった気がした。

＊＊＊＊

「いらっしゃいませー！」

声を出すのが心地好くて、自然と笑顔になる。

あれから面接を経て、クノップが真那也の新しいアルバイト先になった。

とはいえ、いつまで久世の世話になるか分からない。長期で働くのは難しいかもしれないと八木に伝えたところ、「それでも構わないから」と頭を下げられたので、人手が足りなくて困っているというのは本当のようだ。時間帯の希望を訊かれ、「フルで入れます」と答えると、八木だけでなく他のスタッフにも大喜びされた。初日から「真那くん」と呼ばれるようになったことには面食らってしまったが。

案外、久世の言うように『大丈夫』なのかもしれない。二十二歳のフリーターなんてどこにでもいる。最初の週はテーブル番号とメニュー、それから八木以外のスタッフの顔と名前を覚えるのに必死だったものの、二週目に入ると、ホールすべてを見渡せる余裕が出てきた。

となると、招かざる客の姿も目に入る。

「こういうの、迷惑なんですよね」

ぼそっと呟き、窓辺のテーブルで背を丸めている男にメニューブックを差しだす。

男はぎょっとした様子で真那也を見上げたのも束の間、太い息をつく。「好きで来てんじゃねえよ」と小声で吐き捨てるのが聞こえた。

「佐伯さんですよね、久世さんのボディーガードの。俺じゃなくて久世さんについてたほうがいいんじゃないんですか？」

「その久世から言われて、俺はここに来てんだよ」

おおかたそんなことだろうと思っていたが、言い方が子どもじみている。ちなみに昨日来店した立原(たちはら)は、真那也が同じことを言っても「実は私、甘いものが好物でして」と笑って取り合わなかった。ある意味、仕事のできる男だ。

「あんた、誰かにつけ狙われてるんだろ？　久世と同居なんかするからじゃないのか？　あいつは敵の多い男だからな」

ふっと鼻先で笑い、そんなことを言うボディーガードがいるだろうか。久世を護(まも)る立場にいながら、久世を呼び捨てにすることも理解できない。彼が見習いの立場だということが分かる気がした。

「別に俺は誰からもつけ狙われてませんよ。久世さんがそう思ってるだけです」

短く息を吐き、「ま、分かりませんけどね」とつけ加えておく。

おそらく久世は、兄宛に真那也の所在を知らせるはがきを出した人間を警戒しているのだろう。だからといって、強面(こわもて)の男に交代で店に入り浸(びた)られても困る。立原はともかく、佐伯は妙にぴりぴりしているところがあるので目立つのだ。久世にはもちろん抗議済みなのだが、「二人ともパンケーキが好きなんだろ」ととぼけられてしまったので、本人たちに言うしかない。

「俺のほうからもう一度久世さんに話してみますから、これっきりにしてくださいね。ちなみにパンケーキはテイクアウトもできます。ご注文は？」

「プレーンのパンケーキとホットコーヒー」

「かしこまりました」

キッチンにオーダーを通してからカトラリーの整理をしていると、「知り合い？」と八木に尋ねられた。

「あ、はい。久世さんの――」

ボディーガードですと言いかけたのを呑み込み、「会社の方です」とごまかす。

「そうだと思った。最近よく来てくれる人だよね。久世が宣伝してくれてんのかな。またメシでも奢ってもらおう」

ジュッとバターの溶ける音に、八木の朗らかな声がまじる。いやいやいやと首を横に振りたくなったが、久世の友人でもある八木に心配をかけてしまうのはよくないだろう。八木には何も言わないことにした。

ランチタイムを終えてしばらく経つので、店内には佐伯を入れて数組の客しかいない。順番に昼休憩をとる時間でもあるので、いま休憩しているスタッフが帰ってきたら、入れ替わりに真那也が休憩をとることになっている。

佐伯にパンケーキとコーヒーを運んでキッチンに戻ると、八木に鉄板の前を譲られた。

「そろそろ焼いてみる？　お腹減ったでしょ」

どきっと鼓動が跳ねるのを感じながら、「は、はい」とうなずく。クノップでは賄いのパンケーキは自分で焼くのだ。真那也の場合は、キッチンに立つ練習も兼ねている。

「さーて、今日もがんばってみよう」

八木に明るく励まされ、恐る恐るパンケーキの生地を鉄板に流す。

生地は八木が作るし、きれいな円形に焼きあがるように型もある。だが、焼き加減だけは自分で調整しなければならない。これがなかなか難しく、いまだに合格点をもらえないのだ。八木いわく、鉄板の機嫌もあるのだとか。

「真那くんって自炊しない派？」

「しないですね。スーパーで見切り品を狙う派です」

「だったら普段の食事は、久世といっしょに外食してるってこと？」

「あの、申し訳ないんですが、できたら話しかけないでもらえると助かります。めっちゃ集中してるんで、いま」

がちがちに強張った顔でフライ返しを握りしめる。八木があははと笑った。

毎日の食事はマンション内のカフェラウンジで済ますか、久世に連れられて外で済ますかのどちらかだ。久世の部屋のキッチンには、湯を沸かすためのポットとコーヒーメーカーがあるだけで、包丁もまな板もフライパンもない。

「あ、昨日よりうまく焼けたかも」

引っくり返したパンケーキにちぎれたところがないのを確かめ、思わず頬をほころばす。近くにいた先輩スタッフが鉄板を覗き、「やったね、真那くん。おいしそうだよ」と肩を叩いてくれた。

「ほんとですか？　ありがとうございます」

昼休憩に出ていた先輩も帰ってきて、「きれいきれい、うまくなったね」と朗らかに笑う。

アルバイト先の先輩とはいえ、女の子に囲まれるなんて久しぶりの経験だ。照れくさくてえへへと笑っていると、八木が腕組みをして鼻息を吐いた。

「まだまだだね。四十二点」

「え……」

絶句した真那也のかわりに、先輩たちが「店長、きびしー！」「真那くん、がんばってるのに！」と口々に抗議する。「こら、真那くんを甘やかさない」と八木に一蹴されていたが。

「ま、上手にはなってきてるよ。だけど焼きむらがあるのはだめ。できたら家でも練習してほしいな。パンケーキは焼かなくていいから、火の扱いと調理器具に慣れてほしい。いい機会だと思って、外食を減らして自炊にチャレンジしてみたらどう？　ホールの仕事は完璧なんだから、これでキッチンに立てたら無敵だよ」

クノップのキッチンに立つ自分はまったく想像できなかったが、「がんばります……」と答えるしかない。

（うーん、四十二点……俺、相当下手ってことだよなぁ）

がっくりと肩を落としてパンケーキを休憩ルームに運ぶべく自前の容器に入れていると、「真那くん、元気出してね」と先輩スタッフがいちごを添えてくれた。八木も「明日の真那くんに期待してるよ」と言いながら、ホイップクリームをトッピングしてくれる。

クノップは最初の印象どおり、アットホームであたたかな職場なのだ。そんな場所に自然と溶け込み、真那くん真那くんと呼ばれている自分がなんだか信じられず、ほんのりと頬が赤くなる。家出をしてからずっと陽のない日々ばかりを積み重ねてきたが、クノップにいる皆のおかげで、昔の明るかった頃の自分に一歩ずつ戻っているような気がした。

「じゃ、昼休憩に行ってきます」

「はーい、ごゆっくり」

休憩ルームはビルの五階にある。同じビルで働いている人たちの共有スペースだ。

色もフォルムも異なるテーブルと椅子が数組と、自動販売機がある。ちょうど窓際の席が空いていたのでそこに腰をかけ、いそいそとスマートフォンを取りだす。クノップで働くことになったとき、久世が契約してくれたのだ。

カメラのレンズ部分を袖口で拭い、パンケーキに向ける。たとえ四十二点の出来映えでも、自分で作った昼食に変わりない。角度を変えて三枚ほど写真を撮ってから、いただきますと手を合わせる。

（お昼ごはん、久世さんは何食べたんだろ。あ、ＬＩＮＥしてみよっかな）

にんまり笑ってスマホを引き寄せる。が、くだらない気がしてやめた。かわりに『さっき佐伯さんが来たよ』と打ってみる。じっと眺めたあとでこれも消す。

久世は仕事中だ。ＬＩＮＥを送っても返事はないだろう。そんなふうに思うと、なぜかため息がこぼれた。

久世と暮らし始めて、そろそろ一ヵ月になる。

相変わらず久世はリビングのソファーで寝ていて、真那也が寝室を使っている。また襲われたらどうしようとびくびくしていた頃もあったが、久世はあれ以来、真那也に触れてこない。ほっとするどころか、日に日に虚しさが募るのはなぜなのだろう。

久世は帰宅が遅いので、会話を交わせるのは朝のほんのわずかな時間だけだ。最近は夕食も別々にとっている。これからは休日に顔を合わせることも減るだろう。友和リゾートは土日が休みで、真那也は平日が休みになってしまったのだから。

もっと久世のことが知りたい。久世と話がしたい。最近ずっと、そればかりを思っている。よくよく思い返せば、あれ？　と思うことがいくつもあるのだ。

どうして久世は、佳宵で転びそうになった真那也を助けることができたのか。たとえ偶然だったとしても、真那也ばかりを見ていないと、咄嗟に助けることはできない。それにあの日の久世の威圧感は半端ではなかった。もしかして真那也が酸辣湯麺を引っくり返したときからオーナーの息子に対し、かなりの腹立ちを覚えていたのかもしれない。

クノップを紹介してくれたのもそうだ。気分転換のためのアルバイトなら、クノップでなくてもいい。けれど久世は、『特別やさしくされることはなくても、特別虐げられることもない店』を、真那也のために選んだ――。

いちばん疑問に思うのは、無理やり押し倒されたときのことだ。始まりこそ力ずくだったものの、あの夜の久世はすごくやさしかったような気がする。

(俺、めちゃくちゃ大事にされてない?)

そう思うのは気のせいだろうか。

考えても答えは出ないし、久世に目的があることも承知している。にもかかわらず、ついつい都合のいい方向に考えてしまう、そんな自分も理解できない。

(もしかして、こういうのが恋だったりして……)

ちらりと思い、頬がふっと熱を持つ。

こんなふうに誰かのことを考えて、ひとりで浮き足立って、ひとりで落ち込むのは初めてなので、よく分からない。けれど知りたいと思う。久世の好みや久世の考えていること、楽しいときや悲しいとき、うれしいとき。久世の感情の動く瞬間を。

――新たに始める日常生活のなかで和史を忘れるのと、俺に力ずくで体の記憶を塗り替えられるのと、どっちがいい。

あの二択を迫られたとき、後者を選んでいたらどうなっていただろう。いま頃は心も体も甘々に溶かされて、久世のことしか見えなくなっているかもしれない。

（うわー、ないないない！　俺、どうかしちゃってるよ）

真っ赤な顔でパンケーキに食らいついていると、「ここ、いい？」と声をかけられた。げほげほとむせながら「どうぞ」と答える。対面に腰を下ろしたのは八木だった。

「あれ？　俺の休憩時間ってもう終わりでしたっけ？」

「ううん。お客さんが途切れたから、いまのうちに俺も休憩を済ませておこうと思って」

「あ、なんだ。お疲れさまです」

こんなふうに八木と向かい合って座るのは、面接のとき以来だ。

八木は「どう？　慣れた？」と訊きながら、コンビニの袋から弁当を取りだしている。まさかのカルビ弁当で、思わず二度見した。

「意外です。店長のお昼ごはんってパンケーキじゃないんですね」

「いくらなんでも毎日は食べられないよ。甘いものはたまに食べるからおいしいんだって」

説得力のある言葉だ。つい笑ってしまったとき、八木がずいと顔を近づけてきた。

「真那くんに前から訊きたかったんだけどさ――」

妙に真剣な表情に面食らい、「な、何でしょう」と上擦った声で訊き返す。

「ハクビシンのことだよ。あれって比喩だよね？　久世の新しい恋人のこと？」

「ハクビシン？」

瞬(またた)いたのと同時に思いだし、ぎくっと鼓動が跳ねる。

久世に連れられて初めてクノップを訪れたとき、久世が自分の手に残る歯形のことを「たぶん猫に噛まれた」というような説明をしたので、真那也がハクビシンみたいな猫に噛まれたのだとフォローを入れたのだ。

「こ、恋人なんかじゃないですよ。店長、深読みしすぎです。ハクビシンっていうか、変わった猫っていうか……マンションの植え込みからいきなり飛びだしてきたんです。俺も動物に詳しくないんで分からないんですけど、なんかすっごく獰猛(どうもう)で――」

思いつくままに重ねたうそだったが、それなりに信憑性(しんぴょうせい)があったらしい。八木は二、三度瞬くと、落胆した声で「なんだ」と呟く。

「人の歯形みたいに見えたけど、動物に噛まれただけか。てっきり恋人ができたのかと思ったよ。あの日の久世は久しぶりに楽しそうだったから」

久しぶりに楽しそう――その言いまわしが引っかかり、今度は真那也のほうが真剣な表情をする。

「久世さん、普段はあまり楽しそうじゃないってことですか？」

「いや、そういうわけじゃないんだけど……ま、なんとなくね」

昔の久世と、いまの久世の雰囲気のちがい。もしかしたら違和感の正体が見えてくるかもしれない。ごくっと唾を飲む。

「店長と久世さんって、大学時代に知り合ったんですよね？　その頃の久世さんと同じ雰囲気でしたか？　実は俺、久世さんとは五年ぶりの再会なんです。以前の久世さんは明るくてさわやかな人だったのに、いつの間にか雰囲気が変わってしまってて。昔は本当に白いシャツの似合う人だったんです」

「あー、分かる。白シャツの似合う人。大学時代の久世もそんな感じだったよ。友達が多くて、面倒見もよくて。何せ性格が気さくだからさ、男にも女にもとにかくモテる」

「ですよね？」

地元で暮らしていたときの久世の印象がまさにそれだ。

頭がよくて、容姿も抜群なのに、それをひけらかすことをしない人。久世に声をかけられるたび、どぎまぎしてうつむいていた自分が懐かしい。

八木がカルビ弁当を食べながら、ぽつぽつと語る。

「久世が変わったのは社会人になってからだよ。人を寄せつけなくなったっていうか、周囲に対して壁を作るような感じっていうか……。昔ほど明るい雰囲気じゃないんだよな。まあ、仕事でいろいろあるんだろうけど」

仕事のことは真那也にも分からない。「うーん」と眉根を寄せて首を傾げる。

「久世さん、なんかあったんでしょうか。俺が五年前に会ったときは、それまでと変わらない久世さんだったと思うんです」

「五年前っていうと、俺らが二十三のときか。その頃は学生時代と変わらない久世だったと思うよ」

「だったら専務に昇進してからですかね。久世さん、二年前に専務になってるんです」

真那也が言った途端、八木がはっとしたように目を瞠る。

あきらかに何かを思いだした顔だ。にもかかわらず、「うまいなぁ、この弁当」とうなずくものだから、はぐらかそうとする魂胆が見えてしまった。

「店長、教えてください。何か知ってるんでしょう？」

「いや、知らないって」

「うそです。ぜったい知ってるって顔をしてました」

真那也がしつこく食い下がると、八木が「ああもう」とぼやき、うなじをかきむしる。

「久世は左手の薬指に指輪を嵌めてるだろう？　あれをつけ始めたのが二年前なんだ」

「ああ、結婚指輪。だけど久世さんは、女性に言い寄られても断るのが面倒だから嵌めてるって言ってましたよ」

聞いたままを伝えたところ、八木が呆れたように苦笑する。

「いやいや、確かに久世はモテるけどさ、そんな理由で独身男がわざわざ結婚指輪なんかつけると思う？　——待てよ、そうでもないか。久世の指輪は、誰とも結婚しない、恋愛もしないっていう意思表示だろうから」

「誰とも結婚しない……えっ、恋愛も？」

　びっくりして目を丸くする真那也の前で、八木が英語らしきものを口にした。突然だったのでよく聞きとれず、テーブルに身を乗りだして耳を差しだす。

「I'll give you my all.——あなたにすべてを捧げます。久世が指輪の表面に彫金師に彫らせた言葉だよ。久世はたったひとりの誰かに誓いを立ててるんだ。だからあいつはぜったいに指輪を外さない。刺青みたいなもんだよ」

　誓い——。

　久世が時折見せる鋭い眼差しと、この世の荒漠をまとった雰囲気に、『誓い』という言葉がぴたりと重なった。

「久世は話したがらないけど、たぶん大切な誰かをなくしてるよ。それが二年前なんじゃないかな。だからずっと、心に洞穴みたいなものを抱えてる。久世を救うことができるのは、あいつが『すべてを捧げる』と誓った人だけなんだ。だけどその人はもう、この世のどこにもいない。……ま、俺の想像だけどね」

　八木は言うだけ言うと、「あーあ」と肩を落とす。

「そっか。ハクビシンは恋人じゃなかったのか。久世のやつ、あの日は妙にうれしそうだったからさ、恋人でもできたのかと思ったよ。やっぱり恋愛する気はないのかな」

ため息を重ねる八木を、真那也は呆然と見つめた。

もしかして久世も荒野をさまよう人だったのだろうか。真那也の眸が重く澱んだ灰色しか映していなかったように、久世の眸に映る風景も色がなかったのだとしたら――。

『俺は惚れた人には一途だよ。相手にされなくても想い続ける。他はいらないんだ』

いつかの久世の言葉がよみがえる。

どうやっても兄との過去を消化できず、真冬の荒野を歩いていた真那也を力ずくでさらったのは久世だ。だが久世は、真那也がいようがいまいが、ひとりなのだ。この世にいない人をいつまでも想い、ひとりきりで生きていくことを誓っている。

それほどさびしい強さを、真那也は考えたこともなかった。


夜の九時を迎えると、クノップは閉店する。

他のテナントも同じ時刻に閉店するので、九時を少し過ぎた辺りから、従業員通路は帰ろうとするスタッフたちでごった返す。「お疲れー」と飛び交う声を聞きながら、真那也は従業員用の出入り口を出た。

意味もなく夜空を見上げ、小さく息をつく。

今日は一日中、八木の言葉が頭から離れなかった。久世の変わりようを思うと、八木の想像は真実に近い気がする。

（あーあ。恋になる前に振られちゃったよ……）

のろのろと歩いていると、向かってくる人の波のなかに久世に似た人影を見つけた。久世のことばかり考えているから、久世に似た男に目がいってしまうのだろう。苦笑いしつつも視線を外さないでいたら、久世本人だったのでおどろいた。

えっ、なんで？　と思いながら、「久世さーん」と手を振り、駆け寄る。

久世のほうは真那也に気づいていなかったようだ。真那也を捉えた目を見開いてから、笑みを広げる。

「おどろいたな。初めてだろ、君が俺を見つけるなんて」

「そうだっけ？」

やたらと記憶がいいのを笑い、となりに並ぶ。

「車じゃないなんてめずらしいね。どこ行くの？　俺もついてっていい？」

「仕事が終わったから君を迎えに来ただけだよ。そろそろ雨になるらしい」

久世が言い、手にした傘を掲げてみせる。

「何、やさしいね」

「だろう？」

たったこれだけの会話で、今日一日の憂鬱が消えていくのが分かる。

久世が笑うとうれしい。だから真那也も笑ってしまう。いつの間にか縮まっていた心の距離に気づいてしまい、胸が切なく軋む。

「あ、久世さん。そういえば店長に自炊を勧められたんだ。俺、パンケーキを焼くのがすっごい下手でさ。だから調理器具に慣れてほしいんだって。久世さんち、包丁もまな板もフライパンもなかったよね？」

「あー、買った覚えがないなぁ。買おうか？」

「うん、欲しい。調理器具を揃えてくれるんだったら、俺がごはんを作るよ。久世さんと俺の分。朝ごはんと晩ごはん」

我ながら名案だ。人知れず口許をほころばせていると、久世に声を立てて笑われた。

「家政婦のいる家で育った君が、食事の支度なんてできるのか？　頼むから食えるもんを作ってくれよ。仕事中に腹が痛くなったら困る」

「失礼だなー。そこまで下手じゃないよ。母さんが再婚するまでは、家に家政婦さんなんていなかったんだから」

むっとしたふりで、久世に肩をぶつける。

やっぱり恋かもしれない。本当は久世にくっつきたかっただけだから。

（馬鹿だなぁ……俺）

徒歩で十五分の距離を、短いと感じたのは初めてだった。久世と話しながら歩いているうちにタワーマンションのアプローチが見えてきて、自然と足取りが重くなる。

夕食をとって、別々に入浴して、別々に眠る——その前にもう少し久世と話がしたい。

ああ、何を口実にしよう。懸命に考えているさなか、マンションの住人専用の庭が目に入った。ぱっと表情をほぐし、久世のコートの袖をちょんと引っ張る。

「ねえねえ、散歩しない？」

「散歩？　十分歩いただろ」

「お願い、付き合って。今日はまだ歩きたい気分なんだよねー」

適当なことを言いながら、久世の腕を引いて庭へ入る。

ここを歩くのは初めてだ。石畳の遊歩道と、通りの喧噪を遮るように茂った常緑の木々。夏には夕涼みがてらに散歩をする住人もいるだろうが、まだ冬を連れている季節のいまは人気がない。控えめにライトアップされた木々の葉色がやさしくて、心がふっと凪ぐ。

「どうしたんだ。八木の店でなんかあったのか？」

「ううん、何も」

久世には訊きたいことがたくさんある。だが、さらりと切りだす術が分からない。

迷った末に、いちばん訊きたいことを最初に訊くことにした。

「久世さん、好きな人っている？」

どうも直球すぎたらしい。久世がつっと眉をひそめる。

「なんだ、藪から棒に」

「あ、いや、なんとなくいるんじゃないかなと思って。ほら、指輪とか。結婚もしてないのに、左手の薬指に指輪を嵌める人って滅多にいないと思うから」

「さては八木から何か聞いたな。あいつ、余計なことをべらべらと」

やはり遠まわりをするべきだった。あっという間に眉間の皺を深くした久世を見て、慌てて両手を振る。

「ちがうよ。俺が勝手に思っただけ。店長は全然関係なくて――」

「いるよ」

「え?」

好きな人っている? ――自分が投げた問いの答えなのだと、気づくまでに時間がかかった。久世を捉えた眸が揺れる。

「い、いるんだ、好きな人」

「ああ、いる。たったひとりの人をずっと想ってる」

へえ、と返したつもりが声にならない。一度唾を飲んでから「へえ」と言う。

うろたえていることが伝わってしまったかもしれない。自分でも情けなくなるほど、上擦った声だった。

「その人と付き合ってるの? 俺、全然分かんなかったんだけど」

「いや、付き合ってはない。俺が一方的に惚れてるだけだから」

「じゃ、告白してみたら？　久世さんって結構いい男だから、きっとうまくいくよ。相手の人も案外待ってたりして」

動転したせいか、久世の片想いを応援するような言葉がすらすらと口をついて出る。

いったい何をやっているのだろう。たまらず目許(めもと)を歪(ゆが)めたとき、久世がふっと微笑(ほほえ)んだ。

「もういないんだ、その人は」

表情もそうなら声音もさびしげで、胸をつかれた。

八木の想像が完全に当たってしまったことを知り、ますますうろたえる。

「そ、そうだったんだ。……あの、いろいろとごめんなさい。俺、久世さんにひどいこと言っちゃって……」

「ひどいこと？」

「ほら……執念深いとか、最悪だとか」

「ああ――」

久世は頭上に広がる枝葉を見上げながら、「構わないさ」と言う。

余計な感情のまじっていない、平淡な声だ。誰に何を言われようとも揺るぐことのない、想いの強さを見せられた気がした。

「あの、どんな人だったの？」

久世は真那也を見ると、少し考えるような仕草をする。きっと想い人の姿を脳裏に描いているのだろう。表情がぐんと甘くなる。

「かわいい人だったよ。君に似てるかな」

「俺に？」

いたずらっぽく微笑んだ久世が、コートのポケットから手を出す。

すっと持ちあがった右手を目で追いかける。あっと思ったのと同時に、親指の腹で左目の際を辿られた。

「その人もほくろがあるんだ。君と同じ場所に二つ」

久世の手は真那也の泣きぼくろを辿ると、再びポケットに戻っていく。

かすかに触れられただけなのににじんとする。恐る恐る自分でも触れてみる。久世の指の温もりはすでに消えていて、冷たい夜風にさらされた自分の肌があるだけだった。

「ほくろの位置が同じだなんてすごい偶然だね。ねえ、他には？」

「他？」

「うん。その人のどんなところが好きだったのかとか、そういうの聞きたい」

「やけに聞きたがるんだな。どうしたんだよ」

またもや眉根を寄せられてしまい、口ごもる。

下手でもなんとか切り込むことができたのだ。このチャンスをふいにはしたくない。

「たまには……えぇっとそう、恋バナ！　恋バナとかしてみたいんだ」

「俺と？」

「そう。久世さんと」

直球すぎただろうか。内心ひやりとしたものの、ここはストレートでよかったらしい。

「どんなところ、か」

久世はときどき真那也を振り返りながら、遊歩道を歩き始める。

「その人と俺は、少し境遇が似てる。ようはステップファミリーなんだ。俺の親は離婚と再婚をしてるから、俺には血の繋がらないきょうだいがいるし、歳の離れた弟と妹もいる。引っ越しもしたな。別にいまどきめずらしい話でもないだろう？」

「まあ、うん。だね。俺の母さんも再婚だし」

真那也の下に弟や妹が生まれることはなかったが、親の再婚が理由での引っ越しと、新しくきょうだいができることなら、真那也も経験している。

「親が再婚するのは、悪いことじゃない。むしろめでたいことなんだっていまなら思うよ。ただ、当時の俺はうまく受け入れられなかったんだ。ちょうど中学生で、反抗期だったせいかな。新しい母親が何かと俺に遠慮するのが気に入らなくて。だからといって、母親面されるのも鬱陶しいし。連れ子だけかわいがってりゃいいのにって、あの当時は本気で思ってたよ。ま、本当に連れ子だけかわいがる人なら、俺はもっとグレてたと思うけど」

「えっ、久世さんグレてたの？」

おどろいて目を丸くすると、「少しだけな」と久世が笑う。

「意外。俺のなかの久世さんは、大人っぽくてさわやかな人だったから」

「荒れてたのは、君にも和史にも出会う前の話だよ。家に帰りたくなくて繁華街を遊び歩いたり、親が共働きで留守がちな友達の家に入り浸ったりして。だけどいつまでも子どもじみたことはしてられないじゃないか。高校生になると、さすがに勉強に本腰を入れるだろ？　学校の補講を受けたり、塾のコマ数を増やしたりしているうちに、家族団らんの時間からうまく距離を置くことができたんだ。付き合う人間が変わったのも大きかったのかもな。高校でできた友人は、真面目か不真面目かで言えば、真面目なやつのほうが多かったから」

「へえ……」と相槌を打ちながら、地元で暮らしていた頃の久世を思い浮かべる。

昔話を聞いたあとでも、白いシャツの似合うさわやかな人、という印象は変わらない。真那也がクノップで働くようになってから、明るかった昔の自分にじょじょに戻りつつあるように、高校時代の久世もいい友人に囲まれて、自然と本来の自分を取り戻したのかもしれない。ただ、その友人のなかに、兄がいるということが少々複雑だったが。

「だけど、新しい母親と新しい家族にすんなり馴染めなかったことは、いまでも心に引っかかってる。俺が子どもだっただけで、向こうが悪いわけじゃないからな」

「えー、そこは気にしなくていいんじゃないかなぁ」

久世が昔の自分を後悔しているようだったので、助けたくなった。

「新しい家族ができたら、戸惑うのがふつうだと思うよ。すんなり馴染める人のほうが稀だって。俺も母さんの知り合いの男の人が、父さんになるなんて思ってなかったもん。家もめっちゃでっかいし、家政婦さんや庭師さんもいるし。ほんと、いろいろびっくりだったよ。俺、アパート生まれのアパート育ちだったから」

母とともに新條の家に引っ越したとき、小学生だった真那也はまず玄関が広いことにおどろいた。次にリビングの天井が高いことにおどろき、広い食卓におどろいた。何か目にするたびに、「うわあ」だの「ひゃあ」だのと声を上げていた自分を思いだし、あははと笑う。

「階段に絨毯が敷かれてたことにもびっくりしたなぁ。あと、リビングの壁に鹿の角が飾られてて——」

久世の話を聞いているはずが、懐かしくて自分の思い出を語ってしまった。はっとして口を噤むと、久世が小さく笑う。

「そんな感じだよ」

「え？」

「俺の好きな人もそんな感じだった」

「あ……」と呟き、目をしばたたかせる。

久世の眼差しがやさしいのは、真那也を通して記憶のなかのその人を見つめているせいかもしれない。出過ぎた真似をしたのがいたたまれなくなり、うつむいてコートの袖口をいじる。

「その人はすごく無邪気なタイプだったんだ。友人が多くて、いつも誰かと楽しそうに笑ってた。俺と同じステップファミリーだった分、正直衝撃だったよ。ひねくれたところが全然見当たらないいんだ。だから誰からも愛されたんだろうな。見てるこっちまで幸せになるような、そんな雰囲気を持ってる人だった」

人当たりよく振る舞いながらも、ささくれた心と小さな後悔を隠し持つ当時の久世にとって、同じ境遇のその人は標(しるべ)であり、癒(いや)しでもあったのだろう。久世の穏やかな表情がそれを語っている。

「付き合っちゃえばよかったのに」

思わず言うと、久世が苦笑する。

「無理だよ。向こうは俺のことなんて見てなかったからな。わざわざ気持ちを伝えて振られて気まずくなるくらいなら、近くて遠い距離のままのほうがいい。俺はその人とときどき言葉を交わせるだけで、十分満たされてたんだ」

「幸せだったの？　ときどき会ってしゃべるだけで？」

「ああ。幸せだった。――とても」

触れることもなかった人を、そこまで想える強さが分からない。真那也の恋は、久世に触れられてから始まったものだから。

（あ、だからひどいんだ）

——俺が和史よりもひどいやり方で抱いてやる。

唐突にあの夜の言葉がよみがえり、小さく息を呑む。

これほど想い続けている人がいるのに、久世は真那也を抱いた。十分ひどい。ひどすぎるくらいだ。芽生えたての気持ちが育っても、捧げる場所がどこにもない。

「ほんと、ひどい」

久世には聞こえない声でぼそりと呟いてから、わざと肩をぶつけてやる。

「俺も結構にこにこしてるタイプだったと思うけど？」

「……え？」

「いつも楽しそうに笑ってる人が好きなんでしょ？　自分でそう言ったじゃん」

きっと冗談だと思ったのだろう。真那也は女ではない。久世は惚けたように瞬くと、ぷっと噴きだした。

「だな。君もそう、陽だまりのなかで遊ぶ子猫みたいだった」

「あの頃は単細胞だったからね。自分の周りに悪い人がいるなんて思ってなかったし」

「それは長所だよ。大切にしたほうがいい」

ぽんと頭に手を置かれた。そのままわしわしとかきまぜられ、前髪を散らされる。

久世に大事にされていると、一度でも思ってしまったことがはずかしい。久世は単に根がやさしいだけなのだ。だからいまも寒空の下、真那也に付き合っている。

「恋愛、したらいいのに」

「しないよ。その人以外には心を動かされないんだ」

やさしい顔でひどいことばかり言わないでほしい。本当に泣いてしまいそうになる。

「じゃ、その人にそっくりな人が現れたら？　顔も声も性格も、全部似てる人」

微苦笑した久世が、今度は真那也の髪を整え始める。

「もう教えない。俺にばかり答えさせるのはフェアじゃないだろうが。俺も君に訊きたいことがあるんだ」

とくんと鼓動が波を打つ。

俺に惚れたのか？　——そう訊かれたらどうしよう。先走ったせいで頬が熱くなる。けれど久世の投げた疑問符は、真那也の想像したものとはまるでちがっていた。

「正直に答えてほしい。和史宛のはがきのことだ。あれを書いたのは君じゃないのか？」

「——」

醜(みにく)い釘文字(くぎもじ)がよみがえり、浮ついていた気持ちがすっと硬くなる。

久しぶりに心の形を思いだした気がする。重くて苦しい、石のようなもの。恋心と入れ替わりに胸の真ん中を陣取(じんど)られ、たまらず目を伏せる。

「おかしいなと思っていたんだ。君にあのはがきを見せたとき、君ははがきの存在よりも、和史に届いていないことにひどくうろたえていた。あんなものが和史に届いていないと分かったら、ほっとするのがふつうなんじゃないのか？　バイト先を選ぶ基準もおかしいよ。なぜ和史と会いたくないのに、人の出入りのある飲食店ばかりを選ぶ？　信じたくなくてしばらく立原と佐伯を君につけていたが、君の周りをうろつくやつを見つけることはできなかったよ。君が書いたものだと結論づけるほうが自然なんだ」

そこまで言われてしまうと、だんまりを決め込むのは難しい。

細く息を吐きだし、力なく笑う。

「そうだよ。俺が書いたんだ。本当は俺、兄さんに追いかけてきてほしかったから」

「やっぱりな。そういうことは先に言え。……ったく、人を心配させておいて。パソコンを使えない高齢者じゃなくて、パソコンを持っていない家出中の若者だったってことか」

久世は鬱陶しそうに襟足(えりあし)をかきながら、近くにあったベンチに腰を下ろす。

「君は和史のことが好きだったのか？」

「まさか。あの人は俺にとって義理の兄、それだけだよ」

「だったらどうしてあいつに追いかけてきてほしいんだ。兄貴にもてあそばれる日々を終わりにしたくて、家出を決行したんじゃないのか？　君の行動は矛盾してるよ」

まっすぐな眼差しが真那也を貫く(つらぬく)。

もうどんなうそもごまかしも見逃さない、そう言っているようだった。

「恋じゃなきゃだめだからだよ。俺にその気がいっさいなくても、兄さんの気持ちは恋じゃなきゃだめだったんだ」

うつむくと、涙がこぼれてしまいそうで上を向く。ライトアップされた緑の葉群れが、滲みかけの眸に沁みる。

「あんなこと、義理の弟にするなんて信じられる？　俺は信じられない。だけどどんなにひどいことをされても、兄さんの気持ちが恋なら救われると思ったんだ。だからきちんと兄さんの口から気持ちを聞きたかった――」

家出して四年。兄に怯えながらも、真那也はずっと待っていた。

兄が取り乱して自分を追いかけてくることを。これからも弟でいてほしい、どこにも行かないでくれと土下座して、初めての涙を流すことを。

「ありえないだろ。あんなのは恋じゃない」

「分かってるよ。……分かってる」

久世に抱かれて確信できた。

兄のするセックスはただの暴力だ。真那也を想う気持ちなんてかけらもない。

「だけど信じたくなかったんだ。だってひどすぎるでしょ。兄さんにとって俺は、義理の弟ですらなかったってことなんだから」

兄への暗い怒りに突き動かされて、ひとりきりの部屋ではがきをしたためる。文面は幼さが出ないようにネットで探しだしたものを参考にした。思いきって投函（とうかん）したあとは一日に何度も窓を見て、兄に似た人影を探す。

だが、待てども待てども兄は来ない。

俺のことなんかどうでもいいから、兄さんは来ないんだ……。

そんなふうに思うと、いても立ってもいられなくなった。惨（みじ）めさから逃げだしたくて、生まれ変わるつもりでバイト先と住居を変える。

もう昔のことは忘れてここで生きていこう。心に刻んだ思いは、新しい仕事と土地に慣れると簡単に薄まった。しばらくすると再び兄への怒りが湧いてきて、今度こそという思いではがきをしたためる。ペンと定規を握り、精巧（せいこう）な罠（わな）を仕掛けるように一画一画に念を込めて。

その繰り返しで四年も経（た）った。

久世が強引に真那也をさらわなければ、きっといまも同じ生活をしていただろう。

終わりのない、ひとりきりのかくれんぼだ。鬼はとっくに真那也を忘れ、自分の人生を謳歌（おうか）しているというのに。

「もし和史が追いかけてきて、好きだと告げてきたらどうするつもりだったんだ」

「振るよ。決まってる。俺は兄さんを振りたくてはがきを出したんだ」

滲んだ目許（めもと）を擦（こす）ってから、久世に笑ってみせる。

「あの人がどんなに縋（すが）ってきても、俺は足蹴（あしげ）にするんだ。一発二発くらいは殴りたいね。灰皿とかあったらきっとぶん投げるだろうなぁ。ふざけんな、二度と俺の名前を呼ぶな、ここにも来るな、さっさと死んじまえって」

罵りの言葉で気持ちが高揚したのは束の間だった。すぐに醒め、惨めな思いにとらわれる。縋る兄を振るどころか、捜し当てられてもいない。真那也を追いかけてきたのは、兄ではなく久世だ。

「あーあ。兄さんがはがきを見てないなんて考えてもなかったな。ま、見てたとしても、あの人は俺のところには来なかったと思うけど」

大げさにため息をつきながら、久世のとなりに腰を下ろす。

「兄さんを徹底的に振ることができたら、もとの自分に戻れるって信じてたんだ。そうでも思わなきゃ、やりきれないよ。だってこの世界に俺のことを愛してる人がひとりもいないなんて、さびしすぎる。母さんも父さんも、もういないんだよ？　だから兄さんの気持ちは、どんなに歪んでても恋じゃなきゃだめだったんだ」

吐息が震える。それから声も。

「こういうの、ひとり相撲っていうのかな。ほんと馬鹿みたいだよ」

自嘲して口角を持ちあげる。うまく笑えない。

だめだ、泣いてしまう。――ぐっと目を瞑ったとき、久世に抱き寄せられた。

「つらかったな。ひとりきりで四年もよく耐えた」

うぅ、とうなずく。

もう限界だった。勢いよく溢れた涙が頬を濡らしていく。

久世の胸にこめかみを預けているので、久世がどんな表情をしているのか分からない。だが繰り返し真那也の頭を撫でさする手はとても強く、あたたかい。

歪んだ心を見せても、久世は受け止めてくれた――。

そんなふうに思うと、いよいよ涙が止まらなくなった。

泣けば泣くほど心の強張りがほどけていくのが分かる。心とは本来、まどかなものなのかもしれない。恋心とはまた別の、あたたかくてやさしいものが胸に満ちていく。

どれほど泣いただろうか。次第に嗚咽（おえつ）が治まり、気持ちも落ち着いてきた。洟（はな）をすりながら、ちらりと顔を上げる。

久世と目が合う。大丈夫だと言わんばかりにぽんぽんと後ろ頭を叩かれた。やさしい手つきにほだされて、作りものではない本物の笑みがこぼれでる。

「俺の顔、どろどろ?」

笑った真那也につられたのか、久世も表情をほぐす。

「ま、想像どおりってことで」

「引いた?」

「引くもんか。泣きたいときは泣けばいい」

久世ならそう言うと思っていた。

照れ笑いをしてから、思いきり鼻水をすすり上げる。ぐしょぐしょに濡れた目許は、久世が手のひらで拭ってくれた。

「俺、兄さんに会うよ」

腕のなかから久世を見上げ、自分の言葉にうんとうなずく。

「もう終わらせたい。兄さんが来ないいんだから、俺が行くしかないよ。今度こそ自分の過去にけりをつける。スタートラインに立ちたいんだ」

決心できたのはきっと恋を知ったからだ。もう足踏みはしたくない、前に進みたいと、生まれたての恋心が言っている。

自分を完全に取り戻すことができれば、黒や灰色しか似合わないいまの久世に、太陽の色をまぜることができるかもしれない。本来の真那也はいまよりずっと明るくて、友達と笑い合ってばかりの日々を送っていたのだ。久世が想い続けている人に引けをとらないほどに。

「おい、よく考えてから答えを出せよ。同じ手札で二度も三度も和史を強請れない。チャンスは一度きりなんだ」

「今度は大丈夫。ねえ、兄さんと会うのは俺と久世さんだけ？　会社の人は？」

「会社の人間は連れていかない。俺と君の二人だけだ」

「あ、だったら――」

言ってもいいだろうか。迷って目をしばたたかせる。けれどなんとか叶えてほしくて、まっすぐに久世を見る。

「兄さんと会うとき、恋人のふりをしてほしいんだ」

「恋人？　誰が」

「久世さんだよ。久世さんに恋人のふりをしてほしいの。だっていまのままじゃ、俺は兄さんにもてあそばれただけで、誰からも愛されてないんだよ？　うそでもいい、好きな人にちゃんと大事にされてるってことを見せつけたいんだ。久世さんが恋人のふりをしてくれたら、俺はもっと強くなれると思う。怖がらずに兄さんに会えるよ」

久世があからさまに目を瞠る。二つ返事で引き受けてくれるとは思っていなかったが、真顔で硬直されるとも思っていなかった。

「……なんでそんな顔するんだよ。失礼だよ、俺に」

冗談まじりに言ってから、顔ごと目を逸らす。

やっぱりだめかとうなだれていたら、下顎に触れられた。やんわりと顔の位置を戻され、いつになく真摯な表情の久世と視線が絡む。

「いくらふりでも、初めての恋人が俺でいいのか？　俺は君の過去をだしにして、新條家の土地を奪う策略をしている男だぞ」

「そんなことはどうでもいいよ。俺は久世さんがいいから、久世さんにお願いしてるの」

じっと見つめる眼差しにいぶされて、頬がかあっと熱くなっていく。どうにも耐えられなくなってうつむくと、ぐしゃぐしゃに髪の毛をかきまぜられた。

「上等だ。俺が君の恋人になってやる」

「ほんとっ？」

さきほどまでの強張った表情はどこへやら、「ああ」とうなずく久世は、ずいぶんうれしそうに見えた。滞っていた計画に前進の兆しが見え、機嫌をよくしたのかもしれない。悪い男を好きになっちゃったなぁと思いはしたものの、心は晴れやかだった。

「よかった。じゃ、約束だからね」

ふいに冷たいものが真那也の鼻の頭に触れた。何の気なしに頭上を仰ぎ、「あっ」と声を上げる。

「久世さん、雪だよ。雪が降ってる」

「どうりで冷えるはずだな。雨の予報が雪になったのか」

揃ってベンチを立ち、春の小雪が風に舞う光景を見つめる。

もう三月だというのに、本当の春はまだ先らしい。始まったばかりの恋もまだまだ冬模様だ。けれどいつか、きっといつか、春に辿り着くことができますように。人知れず祈り、真那也は寒いふりをして久世に体をくっつけた。

＊＊＊＊＊

「交渉の日を決めたぞ。来週、地元に帰って和史に会う」

ついに久世から告げられ、真那也は気負った表情でうなずいた。

週末は兄の動きが読みづらいということで、週の真ん中の水曜日。地元に着いても不便なく動けるように、車で東京を発つことになった。高速道路を使って片道四時間の道のりだ。ボディーガードの二人は久世が休ませた。

――戦に赴くとき、人はこういう顔つきになるのかもしれない。

運転席でハンドルを握る久世を盗み見て、ちらりと思う。

フロントガラスを見据える厳しい横顔。朝陽が淡い光を投げかけているものの、久世がまとっているのはいまだ夜の静寂だ。濃いグレーのシャツを着ているせいだろうか。佳宵で再会したときの、威圧感を漂わせた久世の姿がよみがえる。

きっと久世は真那也が眠っていると思っているだろう。東京を発つ際、「長距離になるから君は寝ろ」としつこく言われ、渋々目を閉じたのだ。実際にはなかなか眠ることができず、ときどき薄目を開けては久世を盗み見ている。

マンションの庭でたくさんのことを話した夜。あの日を境に久世は無口になった。

押し黙っているわけではない。真那也が話しかければ応えてくれるし、久世のほうから話しかけてくることもある。失敗した料理を見て笑われることもしょっちゅうだ。しかしそれらすべてが、『いままでと変わらない自分』を久世が演じているように思えてならない。久世は真那也が見ていないとき――久世自身がそう思っているだろうとき――、死に急ぐような顔をしているからだ。

久世の意識は真那也を通り越し、もっと深いところに向けられている。そこにある一点を、もしくはそれを取り巻く暗闇を、ひたすら強い眼差しで睨みつけているような――。

久世はいったい何を抱えているのだろう。暗く滾ったマグマのようなものが、久世を突き動かしている。それほど新條家の土地が必要なのだろうか。久世は心のなかを見せようとしないので、真那也には何も分からない。

――得体のしれない、鵺のような男。

久世と再会してすぐの頃、そんなふうに感じたのを思いだす。

いま、ハンドルを握っているのも鵺だ。横顔は久世なのに、まとう雰囲気がまるでちがう。

「……ん？　起きてるのか？」

気づかれた。

「あ、うん。おはよう」

たったいま目覚めたばかりのふりをして、大げさに伸びをしながらカーナビを覗き込む。

「へえ、結構移動できたね。東京を発って二時間くらいか。久世さん、疲れてない？　俺が車の免許を持ってたら、代わってあげられるのに」

「やめてくれよ、寿命が縮む。この間黒焦げの野菜炒めを食わされたばっかじゃねえか」

「あれは失敗したから食べなくていいって言ったのに、久世さんが食べたんじゃないか」

「背に腹はかえられない。腹が減りすぎて死にかけてたんだよ」

こんなふうにくだらないやりとりばかりを交わせたらどんなにいいだろう。真那也を不安にさせまいといつもの自分を演じる久世の心が見えるから、真那也も騙されたふりを貫くしかない。だからわざとらしくあくびをしてみせる。

「ねえ。まだ寝ててもいい？　車のなかで眠るのってなんだか気持ちよくて」

久世が「おう、寝ろ寝ろ」と答えることはもちろん想定済みだ。

目を瞑り、想像のなかの久世に手を伸ばす。行かないでと顔を歪めて叫ぶ。

どこに？　と尋ね返す、もうひとりの自分の声が聞こえた。

分からない。久世が行きたい場所も、とどまりたい場所も、それがこの世にあるのかも。

久世は真那也に何か隠している。同じ部屋で暮らす程度の仲では、教えてもらえない何か。

君じゃだめなんだと言われているような気がして、瞑った目の際に涙が滲む。

(久世さん……俺、側にいたいんだよ。今日を終えた先もずっと……)

——ぐるぐるといろんなことを考えているうちに、本当に眠ってしまったらしい。タートルネックの首まわりにまとわりつく汗が不快で、はたと目が覚めた。

「ちょうどよかった。そろそろ起こそうかと思ってたんだ」

「……ん……」

思いきり体を伸ばし、シートを起こす。

フロントガラスから射し込む光が眩しい。すでに車はインターチェンジを降りていて、市街地を走っているようだ。標識にしるされた地名にはっとして、慌てて目を擦る。

約三百キロの距離を越え、馴染みのある町が目の前に広がっている。

東京のように背の高いビルはひとつもないのに、胸に迫る圧迫感。これから向き合わなければならない過去に、心を押しつぶされそうになる。

（大丈夫、久世さんといっしょだし）

人知れず息を吐きだしたとき、久世が真那也に顔を向けた。

「霊園までの道はこれで合ってるか？」

「あ、うん。合ってるよ」

車で行くのなら、兄に会う前に両親の墓参りがしたい。久世にそうお願いしておいたのだ。

車は町の中心部を逸れ、小高い山の中腹にある霊園に向かっている。

真那也は微動だにせず、フロントガラスだけを見据えていた。

目を動かせばきっと見つけてしまう。町を横切る緩やかな川の流れや、橋のたもとの船着き場。友達ともつれ合うようにして駆けた、板塀の続く道。この町にはもう真那也の居場所など、どこにもないことも。

「時間は気にしなくていい。親父さんとお母さんにちゃんと向き合ってこい」

「ありがとう」

霊園に着くと、真那也だけが車を降りた。途中の商店で買った線香と花を抱え、白い石段をのぼる。

実は墓参りには夜行バスを使って何度か帰ったことがある。いつ帰っても、ごめんなさいと手を合わせることしかできなかったが、今日もやはり「ごめんなさい……」と手を合わせ、墓石の前で頭(こうべ)を垂(た)れる。知らず知らずのうちに涙がこぼれていた。

「他にどうすればいいのか分かんなかったんだ。本当にごめんなさい。きっとこれからも兄さんとは仲よくできないと思う。今日は決着をつけに来たんだ」

涙に濡れた頬が乾くまで草取りをしてから、駐車場へ戻る。

久世は車の外へ出て、煙草を吸っていた。墓地に背を向け、眼下に広がる町を見おろしている。静かに煙草をくゆらす横顔は厳しく、近づく真那也の靴音にも気づいていないようだ。

「終わったよー」

あえて明るく言いながら、久世のとなりに立つ。

「もういいのか?」

「うん。寄り道してくれてありがとう。すっきりした」

微笑(ほほえ)んでから、久世とともに麓(ふもと)に目を向ける。

酒造業で栄える町らしく、麓には多くの酒蔵(さかぐら)が並んでいる。見おろす眸(ひとみ)は自然と新條酒造の酒蔵でとまる。五つ並んだ酒蔵の奥にある、一際大きな屋敷が新條の家だ。家出を決行したときの壊れるような鼓動を思いだし、唇を噛む。

早く何もかも終わればいい。久世が欲しいものすべてを手に入れてしまえばいい。そうすればきっと、久世から鵺が消え去る。


「最初に言ったとおり、和史と交渉するのは俺だ。だからといって、君にしゃべるなとは言わない。和史を罵(ののし)りたければ罵ればいいし、殴りたければ殴れ。腹のなかを空っぽにして東京に帰るつもりでいろ。分かったな?」

昼食をとるために入った和食の店で、初めて打ち合わせらしい打ち合わせをした。

「だけど俺がしゃべるとややこしくなるんじゃないの? 交渉の邪魔になると思うんだけど」

「そこは気にしなくていい。話がどう流れようとも舵(かじ)は俺が取るし、欲しいものは必ず手に入れる。君は俺のことが好きでたまらなくてついてきたって顔さえ忘れなきゃ、それでいい」

好きでたまらなくて――。

久世の口から飛びだした言葉があまりにも甘くて、目許(めもと)が染まる。

「だ、大丈夫かな？」

「そんなもの知るもんか。恋をしたことがなくても、人を好きになる気持ちくらいは想像できるだろ。頭のなかでしっかりシミュレーションしておけよ」

白飯をかき込む久世を見つめながら、「あ、いや」と口ごもる。

「ごめん。俺のことじゃなくて、久世さんのことなんだけど」

「は？　俺の何が心配なんだ」

「だから恋人のふりだよ。俺は大丈夫だけど、久世さんはできるの？」

「何言ってんだ。できるに決まってんだろ」

むっと眉をひそめた顔で即答されてしまい、目を瞠る。

「今日の俺は友和リゾートの専務じゃない、君の恋人だ。そのつもりで交渉の骨格を組んである。いまさら嫌とか言うなよ。ああ、そうだ。君のことは下の名前で呼ぶからな。恋人なのに『君』じゃ、変すぎる」

久世はまくしたてるように言ったかと思うと、鯛の刺身に箸を伸ばす。

本当の恋人になるわけじゃない。頭では分かっていても、かあっと頬が赤くなるのを止められない。

（やばい……うれしすぎるかも）

うつむきがちにちまちまと小松菜のお浸しを食べていると、久世がふと箸を止め、意味深な笑みを投げかけてきた。

「今日の俺に惚れるなよ。あとになって泣かせたくないからな。これでも演技には自信があるんだ。君も和史も度胆を抜かれるぞ」

「……はあ?」

ひとしきり瞬いてから、ぷっと噴きだす。

久世のほうの恋愛シミュレーションは完璧ということらしい。いったいどんな顔をして恋心を高めていたのだろう。こっちはもう惚れてるんですけど、と心のなかで苦笑して、「はいはい、ご親切にどうも」と適当に流しておく。

先に昼食を食べ終えたのは久世だった。久世は「さて——」と呟くとスマートフォンを取りだし、どこかへ電話をかける。

「お疲れ。取り急ぎ、お前んとこの社長の居場所を教えてほしいんだけど」

電話の相手はおそらく新條酒造に勤める後輩だろう。いよいよ刻が迫っているのを感じ、どきどきしながら通話が終わるのを待つ。

「——ついてるぞ。和史はいま直営店にいるらしい。酒蔵にこもられないうちに行こう」

「分かった」

真那也は大急ぎで昼食を平らげると、久世とともに車に乗り込んだ。

新條酒造の直営店は、昔ながらの町屋の残る界隈にある。自社製品の他に地元の名産品なども扱っていて、真那也も新條の家で暮らしていたときは、よく品出しの手伝いをした。棟続きで酒造記念館とカフェがあり、新酒のシーズンは観光客で賑わっていたのを覚えている。

久世が車を停めたのは、直営店の裏手にある駐車場だった。

車を降り、鼓動の乱れ打つ胸をさすりながら、客用の出入り口に向かう。だが入り口に垂れ下がる『新條』と染め抜かれた暖簾を目にしたとき、笑っている母の顔や父の顔、友達の顔が次々と脳裏によぎり、動けなくなった。

「真那也」

二歩先を行っていた久世が引き返してきて、ぐっと真那也の手首を摑む。

「自分の過去にけりをつけたいんだろ？　怖がるな。俺が側にいる」

「う、うん」

久世の言うとおりだ。大丈夫だと自分に言い聞かせ、暖簾をくぐる。

日本酒のほのかな香りが鼻腔を包む。懐かしい、新條の父がいつもまとわせていた香りだ。

店は平日のわりには混んでいて、新條酒造の法被を着た従業員たちが、愛想よく客の応対をしている。家を飛びだして四年も経っているせいか、見知った顔はない。

ほっと息を吐いたとき、真那也同様に店内を見まわしていた久世が一点を見据えた。

久世の視線を辿り、目を瞠る。そこには従業員たちと同じ法被に身を包み、接客をする男の姿があった。

「――――」

兄だ、兄にまちがいない。

清潔そうに整えられた黒髪と、父によく似た一重の目許。節の目立たない手を純米酒のボトルに添え、温厚そうな微笑を客に向けている。

息をつめて兄を凝視していると、久世に後ろ髪をひと撫でされた。

唸るように低い声が真那也のこめかみにかかる。

「ぜったいに俺が取り戻してやる」

「……え?」

取り戻す?　――何を。

思わず久世を見る。が、久世は射貫くような視線を兄に定めていて、真那也のほうは見ていない。真那也に話しかけたのではなく、身の内から迸った言葉だったのかもしれない。

(取り戻すんじゃなくて、奪いに来たんじゃ……)

真那也が戸惑っていると、久世が踏みだした。反射的に身を縮め、久世の背中に隠れる。

「和史、久しぶり」

兄はちょうど接客を終え、棚にボトルを戻しているところだった。

愛想笑いの残る顔で振り向いたかと思うと、さっと表情を硬くする。自分に声をかけてきたのがまさか久世だったとは思ってもいなかったらしい。すぐに口角を持ちあげたものの、ぎこちない。

「久世か。おどろいたよ。いつ帰ってきたんだ?」

「たったいま。ちょっと話がしたいんだけどいいかな」

「いや、急に言われても」

この客入りだ、と言わんばかりに兄が肩を竦める。

きっと堂々と断る口実を見つけて安堵したのだろう。兄の表情がほぐれる。だが久世は軽く店内を見まわしただけで退こうとしない。

「お前の義理の弟のことなんだ」

その言葉で、兄がようやく久世の後ろにいる真那也に気がついた。動揺と驚愕のまじった眸が真那也を捉える。

互いに息をつめ、凝視し合ったのはどれほどの間だっただろう。兄の唇がゆっくりと動く。とっくに忘れていた名前を記憶の底から取りだすように、真那也、と。

「久しぶりだな。何年も連絡を寄越さないでいったい何をやってたんだ。ずいぶん心配したんだぞ」

兄は強張らせた表情で、出奔した弟にかけるに相応しい言葉を慎重に紡ぐ。何もかも棒読みだったせいか、久世が声を立てて笑った。

「和史、少し時間を作ってくれ。人の目がないところで話をしよう」

「いや、でも」

「なんならここで大声で喚いてやろうか？　困るのはお前のほうだ。ま、そういう類いの話だってことだよ」

久世は兄の返事を待たずに真那也の手を引き、店を出る。それとなく振り向くと、兄が法被を脱ぎながらレジにいる従業員に、「ちょっと出てくる」と告げているのが見えた。

「どこに行くの？」

真那也が小声で訊いても、久世は「いいから」としか言わない。五メートルほど離れた後ろには、久世よりもじゃっかん細めの肩を精いっぱい怒らせて歩く兄の姿がある。

胸を打つ鼓動もこめかみを叩く脈動もうるさいほどだったが、逃げだしたい気持ちにはならなかった。久世がずっと真那也の手を引いてくれているからかもしれない。もっと安心したくて、ぴったりと久世に体を寄せる。

路地を入っては出てを繰り返し、辿り着いたのは古い神社の境内だった。

鬱蒼と生い茂る木々に隠れるようにして、小さな本殿がある。学校帰りに友達と何度も立ち寄ったことのある場所だ。確か宮司は常駐しておらず、社務所も祭礼のとき以外は無人のはずだ。見まわしても人影はなく、ときどき吹く風が枝葉を揺らしている。

「ここなら誰も来ないだろ」

「だね」

久世と揃って大木の幹に背を預け、ふうと息をつく。

「緊張してる？」

「少しだけ」

ふと久世が境内へと続く石段に目を向ける。兄がまさに最後の一段に足をかけているところだった。

「おい、久世。俺は暇じゃないんだ。さっさと用件を言え」

境内に人の気配がないことは、兄にも分かったのだろう。兄は石段をのぼりきるとあっさり社長の顔を捨て、不快をあらわにした表情で近づいてくる。

「付き合ってるんだ」

「……は？」

「俺と真那也。東京でいっしょに暮らしてる」

真那也の肩を抱いた久世を見て、兄が眉根を寄せる。

男同士で付き合っていることに混乱したのではなく、久世が次に突きつけてくるだろう言葉を警戒している様子だ。兄は無言で久世をねめつける。

「おい、なんとか言えよ。お前のかわいい義理の弟を俺がさらっても構わないのか？」

「それは当人同士の問題だろう。お前と真那也がいいなら、俺は口を出すつもりはないよ」

兄は用心深く言葉を選ぶ。真那也のほうはまったく見ようとしない。

切り込んだのは久世だった。

「お前、結婚するんだってな。この機会に清算しようぜ。お前と真那也の過去を」

兄は素早く真那也を見ると、同じ速さで久世に視線を戻す。

「過去？　何の話だ」

「とぼけるなよ。二年前の同窓会を忘れたのか？　蔵元（くらもと）の社長が酒に弱いってのも考えもんだな。お前、泥酔してうっかり真那也とのことを俺に洩らしただろうが」

兄の顔色がさっと白くなる。

「覚えてないな。お前のほうこそ、酔ってたんじゃないのか？」

「ああ、そう。だったら思いださせてやるよ」

——いよいよ始まる。

ごくっと唾（つば）を飲んだとき、久世が真那也に言った。

「そこら辺を散歩してこいよ。ぐるっと一周な」

「……は？　なんで」

「いいから」

口調はいつもと変わらなかったが、眉間（みけん）に刻まれた皺（しわ）が、とっとと行け、と言っている。

久世と離れる時間があるなんて聞いていない。「や、でも」と言いかけたところで、「早くしろ」と急（せ）かされ、渋々と緑陰（りょくいん）から踏みだす。いったいどこへ行けばいいのか。石段のほうに向かいつつ振り返ると、久世が兄にスマートフォンをかざしているのが見えた。

（あっ……）

台湾茶館で聞かされたあの音声にちがいない。久世は録音したやりとりを二度も真那也に聞かせたくなかったのだろう。大事な場面で気をつかわれ、胸が熱くなった。けれど久世に飛びかかる兄の姿を見てしまい、「やめてっ」と叫びながら慌てて駆け戻る。

「お前、こんなものを録音してたのか。とっくに終わった話だろっ」

「終わってねえからこうやって来てんだろうが」

久世に腕を振り払われた兄が荒い息をつく。血走ったその眼は久世だけでなく、真那也にも向けられた。

「何が目的だ」

兄の声が怒りに震えている。

激昂（げっこう）する兄を見たのは初めてかもしれない。なんだか怖くなり、そっと久世の側に寄る。大丈夫だと言うように頭を抱き寄せられた。兄はたったそれだけのやりとりも待てなかったようで、「おい、目的を言えっ」と声を荒らげる。

「お前の誠意だよ」

静かに答えた久世とは裏腹に、兄が歪（いびつ）な笑い声を立てた。

「誠意だと？　やくざがよく使う言葉だな。友和の専務がわざわざこんな地方に出張ってきて、見えないものを欲しがるとは思えん。どうせお前が狙ってるのはうちの土地だろう」

　あっさり見破られてしまい、見守っている真那也のほうが肩を跳ねさせた。だが久世は笑みすら浮かべ、飄々と言ってのける。

「残念だったな。俺は真那也の恋人としてここに来てんだ。だけど俺が求める誠意を、土地だの金だのという形でしか差しだせないのなら、仕方がない。そっちを受け取ってやる」

「ふん、友和のクズが。うちには地上げ屋あがりの会社に渡せる土地はない。その音声は俺が買い取る。すぐに現金を用意させるから、それを持ってとっとと東京に帰れ」

「だから友和は関係ねえって言ってるだろが。俺も伯父もまっとうな仕事しかしてねえよ。まあ、逆恨みされやすい商いではあるがな」

「これのどこがまっとうなんだっ」

「何度も言わせるなよ。今日の俺は友和リゾートの専務じゃない。お前の義理の弟に心底惚れてるだけの、ただの男なんだ」

　久世が真那也のこめかみに唇を押し当てる。

　いくら演技でもやりすぎだ。慌てふためいたのも束の間、「おい、真那也っ」と兄に名前を呼ばれ、ぎゅっと心臓が縮こまる。

「お前はこんなクズのどこがいい。お前を脅しの材料にして、新條家の土地と金を巻きあげようとしてるんだぞ？　利用されるだけ利用されて、捨てられるのが関の山だろうが」

捨てられるも何も、始まってすらいない。久世のジャケットの裾を握り、「平気だよ」と答える。兄がぎょっとしたように目を剝いた。

「平気ってお前……あの音声がよそに流れても構わないのか？　俺だけじゃない、お前だって白い目で見られるんだぞ！」

久世は兄以外にはぜったいに聞かせないと言っていた。それを信じて、「だから平気だって言ってるだろっ」と声を張りあげる。

「そもそも白い目って何。俺がふつうに幸せに生きてるって思ってた？　俺は誰にも何も言わずに家出したんだよ？　地元の人からも親戚の人からも、とっくに白い目で見られてるんじゃないの？」

ひとたび口を開くと止まらなかった。怒りに震える唇から、四年分の思いが迸る。

「兄さんが怖がってるものなんか、俺は全然怖くない。だって本当のことだろ？　兄さんは俺に乱暴したんだ。どうして俺だけ過去にとらわれて生きていかなきゃいけないんだよ。兄さんだって白い目で見られたらいい。本当のクズは兄さんじゃないかっ！」

叫んだのと同時に、久世が真那也を抱き寄せる。

ぐっと胸に顔を押しつけられ、初めて自分が泣いていることに気がついた。睫毛も目許もいつの間にか濡れていて、次から次へと涙が溢れでる。

「なあ、和史。お前は真那也がいままでどんな思いで生きてきたか、想像したことはあるのか？」

「あ、あるさ……。大変だっただろうと思うよ」

「思っていてそれか。お前の態度からは、罪悪感らしいものがこれっぽっちも見えてこないんだけどな」

　返答がない。

　ちらりと顔を上げる。兄が小刻みに唇をわななかせ、顔を赤くしているのが見えた。

「久世。真那也と二人で話をさせてくれ。五分でいい」

「だめだ。言いたいことがあるなら、俺の前で言え」

　兄はしばらく視線を泳がせていたものの、心を決めたらしい。久世にしがみついている真那也を窺うように見てから、一歩、また一歩と近づいてくる。

「真那也。家を出てから今日までの生活費は俺が払う。これからだって援助しよう。こっちに帰ってきたいなら帰ってくればいいし、お前のための部屋も用意する。親戚筋には俺がうまく言っておく。もちろんお前を悪者にはしない。だから昔のことはもう――」

　いまさら何を言っているのだろう。再び怒りが湧き立った。涙にまみれた目許を拭い、久世の腕から飛びだす。

「ふざけんな！　そんなことでちゃらになるわけがないだろっ。俺はもうこの町には戻らないし、あんたの義理の弟にも戻らない。あんたのお金で生活するなんて、想像するだけで吐き気がするっ」

　いままで兄に対してこれほど乱暴な言葉を使ったことはない。強気に出たのも初めてだ。兄はゼェハァと肩で息をする真那也を信じられないものでも見るような目つきで見ると、今度は久世に向き直る。

「頼む。ボイスレコーダーと音声データを渡してくれ。金なら用意する」

「いくらだ」

「百万、いや、二百万でどうだ」

　久世がはっと笑う。

「寝惚けてんのか？　真那也の人生を狂わせたんだ。億でも足んねえよ」

「お、億だと⁉　やっぱり金目当てなんじゃないかっ」

「最初に言っただろうが。お前が土地だの金だのでしか誠意を示せないのなら、それを受け取ってやるって」

　じりじりと追いつめられ、兄は白くなるほどに唇を噛んでいる。それでいて久世を睨みつける眼差しは険しく、身の内に滾った憎悪が見えるようだった。

「なあ、久世。俺が結婚することは知ってるんだろう？　相手は老舗の蔵元の娘だ。経営統合の話も水面下で進んでる。分かるだろ？　俺にはもう新條家の財産を自由に動かすことはできないんだ」

「だったら遊ぶ金はどこから出てんだよ。お前、飲み屋の女と付き合ってるだろ。先月女が出した店はお前が持たせたものらしいな。それから秘書室の丸顔の女。あれとも付き合ってるって聞いてるぞ」

「そ、そんなことまでお前は――」

兄は乱暴に髪の毛をかきむしると、目を剝いて久世につめ寄る。

「いくら欲しい」

「だから金目当てじゃねえって何度も言ってるだろうが。こっちはお前の謝罪でもいいんだ。平身低頭、心の底から真那也に詫びることができるなら、考えてやる」

おどろいた。それだと久世の欲しいものは手に入らない。

（話、ちがわなくない？）

と、眼差しで訊く。

久世も真那也を見る。だが久世はすぐに兄に視線を戻してしまったので、返答までは分からない。内心戸惑っていると、兄が真那也をねめつけ、忌ま忌ましげに口許を歪めていることに気がついた。

「謝れっていうんなら、謝るさ。……真那也、俺が悪かった。あの頃はどうかしてたんだ。跡継ぎとして仕事で背負うものが大きくて、プレッシャーもストレスも相当だったんだよ。それこそ、お前には想像できないほどにな」

「兄さん……」

これは謝罪なのだろうか。勝手な言い分にしか思えず、眉をひそめる。

「ちょっと待ってよ。兄さんが抱えてるプレッシャーやストレスを、俺にぶつけたってこと？　どうして？　俺が兄さんの仕事の邪魔になるようなことでもした？」

「ああ。お前の存在自体が邪魔だったし、気に入らなかった。へらへら笑うだけで誰からもかわいがられて……いい気なもんだな、連れ子のくせに。いっそ憎たらしいほどだったよ」

「そ、そんな——」

家を出てから四年間、ずっと知りたかった兄の心。

恋ではないだろうことは薄々察していたものの、自分の存在と振る舞いが、兄の心に憎しみまで生みだしていたとは思ってもいなかった。

「おいっ」

久世が兄に飛びかかり、胸倉を掴む。しかし兄は久世に抗いながらも血走った眼を真那也に向けていて、言葉を繰るのをやめようとしない。

「だから追いつめてやりたくなったんだ。衝動みたいなもんだ。お前は泣いてるときのほうがいい顔をする。泣きぼくろがそそられるんだ。久世にも教えてやれよ。いや、もう知ってるか。こいつと付き合っ——」

兄が最後まで言う前に、久世の放った拳が兄の頬にめり込んだ。

呻いた兄が地べたに転がっても容赦しない。久世は兄を力ずくで立たせると、今度は鳩尾に向けて拳を放つ。鈍く重い音がした。

「く、久世さん、だめだってっ」

真那也の叫びなど聞こえないのか、立て続けに殴打する音が響く。あまりのことにおどろき、腰が抜けた。

「お前は謝罪の仕方も知らないのか。正真正銘のクズだな」

「お、お前らが……俺を強請るような真似をするからだろうがっ……」

「強請りじゃねえよ。お前に過去を清算してほしくて来たんだ」

久世は放り捨てるようにして兄の体から手を放すと、怒りを抑えた声で言う。

「和史。俺が今日、どんな思いでここにいるか分かるか？　自分よりも弱い者を傷つけて、憂さ晴らししてたようなお前には分かんねえか。俺はな、取り戻しに来たんだ、昔の真那也を。いつも誰かと楽しそうに笑ってて、そこらじゅうにきらきらしたもんを振りまいてた、あの頃の真那也だよ」

はっとして久世を見る。

ぜったいに俺が取り戻してやる。――あの言葉の意味はこれだったたのだろうか。

けれど、なぜ。地べたにへたり込んだまま、息をつめる。

「俺の胸には真那也しかいないんだ。お前が真那也に手を出す前から、俺は真那也に惚れてる」

「し、知るもんか」

「だから教えてやってんだよ。俺は真那也が笑って暮らせるなら、何もいらない。地位や肩書きもどうでもいい。そんなもの、真那也のためならいつだって捨てられる」

(……久世さん……)

昨日今日、真那也に惚れたのではなく、真那也が地元で暮らしていた頃から好きだったという設定らしい。そこまで久世が恋人役を作り込んでくれるとは思っていなかった。ただのふりだと承知しているはずなのに、鼓動が勝手に忙しなくなっていく。

舞台裏を知っている真那也ですらこうなのだ。何も知らない兄には、久世の強い想いは不穏なものに思えたらしい。瞠った目を久世に向けたまま、もつれる足で後ずさる。

だが久世は逃がさない。大きな歩幅で一歩、また一歩と兄に歩み寄る。

「お前、ボイスレコーダーと音声データには二百万出すって言ったよな? だったら自分の命にはいくらの値をつける」

「命……? 俺の?」

「誠意も示せない、謝罪もできない、そんなお前を俺が許すと思うのか? 仮に真那也が許したとしても、俺は許さない。お前が過去を清算できないっていうのなら、俺はいつまでもお前を追い続けるぞ。俺は刑務所にぶち込まれようが、お前と刺しちがえようが構わないんだ。なんなら俺と心中するか? てめえを殺して死ぬなら本望だ。俺はそこまで覚悟してんだよ」

えっ、という形で唇が強張った。

本当にこれは演技なのだろうか。心から真那也を想い続けている人が目の前にいるようで、胸の奥をぐらぐらに揺さぶられる。久世は兄と対峙しているので、真那也には背中しか見せていない。それでも兄を見据えた双眸に燃え立つ、激しい怒りの炎が見えるようだった。

久世の正面に立っている兄には、もっといろいろなものが見えているだろう。兄はあきらかに狼狽していた。スラックスの足をがくがくと震わせ、血の気の引いた顔は青白い。それでもなけなしのプライドからか、笑みらしいものを口許に浮かべてみせる。

大げさな脅しだなと、揶揄する意図があったのかもしれない。それとも、友人だった久世がそこまでするはずがないと信じたかったのか。

「心中だと？　お前……正気か？」

「正気？　そんなもの、お前が真那也を犯したって知った日になくしたよ」

怖いほど平淡な声が本気を伝え、兄が驚愕の表情で息を呑む。

兄はくぐもった声で何か呻いていたが、言葉になっていない。大きく体を揺らしてよろめいたかと思うと、ついに膝から崩れ落ちた。

地べたに体を縮めて震える姿は、真那也を支配し蹂躙してきた男とはまるで別人だ。兄はわななく手を久世の足許に這わせ、「待ってくれ、なあ、久世」と上擦った声で繰り返す。

「金は……払う。土地も持っていってくれて構わない。頼む、久世。許してくれ」

「自分の命には気張った値をつけるんだな。どこまで俺を怒らせたら気が済むんだよ」

久世は兄が縋っても容赦しなかった。乱暴な手つきで兄の胸倉を摑んだかと思うと、力ずくで膝立ちにさせる。

「いいか、和史。覚えておけよ。俺は真那也を救うためなら、いくらでも悪党になる。同窓会の日からずっと、この日が来ることを願っていたんだ。俺が心底大事に想ってたものを傷つけて、俺から逃げきれると思うなよ」

——鵺だ。鵺がいる。

鵺が真那也の過去に牙を剝き、鉤爪を立て、咆哮を上げている。

これは久世の手腕であって、押しとどめていた想いを吐きだしているわけじゃない。そう思おうにも迫りくる感情に呑まれてしまい、涙が堰を切ったように溢れだす。

本当にこれほど想われているのなら、何もいらない——。

兄に何度も組み敷かれたこと、薄暗い部屋で釘文字のはがきをしたためたこと、自分はこの世でひとりぼっちなんだ、誰からも大切に想われていないんだと泣いたこと——久世の背中から迸る激情が真那也の澱んだ記憶を蹴散らし、根こそぎさらっていった。

＊＊＊＊＊

のぼせあがるとは、きっとこういうことをいうのだろう。ふふふとひとりで笑みながら、真那也は朝食用のホワイトソースを火にかける。

東京に戻ってから一週間が経とうとしているが、真那也の心が通常モードに戻る気配はまるでない。兄に対峙する久世の姿を思い返すたび、頬が染まり、鼓動が色めき立っていく。

――今日の俺に惚れるなよ。あとになって泣かせたくないからな。

そう牽制されていなければ、責任をとってほしいと本気でつめ寄るところだ。

ラブシーンを演じた男優と女優が、恋に落ちてしまう気持ちが分かる気がする。互いに演技だと分かっていてもそうなるのだから、俳優でもない久世があれほどの言動をすれば、恋愛初心者の真那也が夢中になってしまうのも当然だ。兄には腹立たしい言葉を投げつけられたものの、そんなものは傷にすらなっていない。

愛しい男はいま、シャワーを浴びている。

同じ部屋で暮らしていても、真那也はただの居候に過ぎない。久世はあと一時間ほどで出勤するので、朝の時間は貴重だ。

ということで、せっせと久世のための朝食――窪みを作った厚切りの食パンにホワイトソースを流し込み、オーブンで焼くという大作――を作っている。

いま、いちばん知りたいこと。それは久世の心のなかにもぐり込む方法だ。

残念ながら久世の心には先客がいる。これればかりはどうしようもないので、隅っこのほうにでも置いてもらえるようにがんばるしかない。

果たして久世にとって同性は恋愛圏内なのか。強引に押し倒されたことがあるので、完全に圏外ではなさそうな気がする。仮に圏内だとしても、人に言えない過去を持つ真那也はどうなのだろう。最近ずっとそんなことばかり考えている。

（恋愛したいなぁ、久世さんと）

ふぅと切ないため息をついていると、バスルームのほうから「おおい」と聞こえてきた。

ボディーソープでも切らしたのだろうか。「何、どうしたのー？」と訊きながら、廊下を駆ける。

真那也がバスルームに着くよりも早く、脱衣所を兼ねた洗面所の扉が開き、腰にタオルを巻いた久世が顔を覗かせた。急いでバスルームから出たようで、髪から滴る水が色っぽい。

（うわあ……大好き）

ぽっと頬を赤くしている場合ではなかった。久世はしかめた顔を廊下に突きだすと、素早くキッチンのほうに視線をやる。

「おま、なんか焦がしてるだろ」

「え？」

「バスルームまで焦げくさい匂いが届いてるぞ。朝っぱらから何作ってんだよ。まさか強火でぐつぐつ言わせてんじゃないだろうな」

「――――！」

強火に心当たりがある。本気の駆け足でキッチンに戻ると、ホワイトソースが鍋のなかで沸き立っていた。

（ぎゃあああーっ）

すぐにクッキングヒーターのスイッチを切り、鍋が落ち着くのを待ってから、木べらでそろりとかきまぜる。底のほうがごりごりするなと思っていたら、焦げた薄皮の切れ端のようなものがいくつも浮かびあがってきた。

「お、俺の……渾身(こんしん)の朝ごはんが……」

ホワイトソース自体は昨晩のうちに完成させていたというのに、温めるだけの段階で焦がしてしまうなどありえない。久世のために早く朝食を用意したくて、強火で温めていたのが仇(あだ)になったようだ。

呆然としながら、黒や茶色のおこげをスプーンで掬(すく)いとる。大きなものもあれば小さなものもあり、すべて取り除くのは難しい。余計な手間が増えたせいで、オーブンを使う時間がなくなった。仕方なく一口サイズに切った食パンをトーストして、ホワイトソースのかろうじて白いところをかけるだけにする。

「食べたくなかったら食べなくてもいいからね」

一応言い添えてから、コーヒーとともにダイニングテーブルに置く。

いつもなら真那也も同じテーブルにつくのだが、久世のぎょっとする顔は見たくない。ひとりソファーに移動して、膝を抱える。久世がじゃっかん怯(ひる)んだような声で「いただきます」と言うのが聞こえた。

「あ、うまいぞ。ちょいちょいまじってるのは黒ゴマか?」

「んなわけないだろ。おこげです」

言葉が返ってこなかったので、首を伸ばして久世を見る。タイミングが悪いことに久世も真那也に顔を向けていて、目が合った途端に笑われた。

「そう落ち込むなよ。うまいって言ってるだろ」

「本当はもっとおいしくなる予定だったんだよ」

「いままで料理なんてしたことなかったんだろう? 十分だと思うけどな」

気をつかわれるとますます落ち込んでしまうものだ。心を摑むのが無理ならせめて胃袋だけでもと思うのに、真那也のスキルではどうにも難しい。

クッションを抱きしめてため息をついていると、朝食を食べ終えた久世がソファーにやってきた。「ごちそうさま」とやさしい表情で言ってから、真那也のとなりに腰を下ろす。

「最近キッチンに立ってるときに考えごとばかりしてるだろ。ひとりで何を悩んでる」

「……俺?」

気づかれていたとは思っていなかった。

久世さんのことを好きになっちゃったから、恋人になりたくて悩んでるんだよ。

——なんて言ったら、久世はどんな反応を見せるだろう。目を瞠（みは）って固まる姿が容易に想像できて、苦笑する。

「気のせいでしょ。悩みごとなんてないし」

「うそをつくな。年上をごまかそうったってそうはいかない」

ぐっと顔を近づけてきた久世が眉根を寄せる。わざと作ったらしい渋面（じゅうめん）がおかしくて、つい噴きだしてしまった。

「ま、俺も年頃だからね。いろいろあるんだよ」

「言えよ。気になるだろ」

「ええー」

朝っぱらから振られるわけにはいかない。「うそうそ、悩みごとなんてないってば」とごまかしていると、久世が言った。

「そう遠くない未来に、和史（かずふみ）名義の土地の大半は君の名義になるぞ。そっちは順調だから、何も心配するな」

「土地？」

ぱちぱちと瞬（また）き、「ああ……」と力の抜けた声を出す。

（そっか。久世さんの想像する俺の悩みごとって、兄さん絡（がら）みのことなんだ）

当然といえば当然かもしれない。久世に恋する前の真那也は、兄のことしか頭になかったのだから。

「和史はおそらく結納までにすべてを終わらせたいんだろう。いまは俺よりもあいつのほうが焦ってるくらいだ。こういうのをとんとん拍子っていうんだろうな。ま、ごねられても俺は逃がす気などないけどな」

兄は代理人を立て、真那也も久世を代理人にしているので、久世も真那也も兄と顔を合わせたのはあの一日だけだ。もともと真那也は土地にもお金にも興味がないので、すべて久世に任せている。

「ふぅん。兄さん、やっぱり結婚するんだ。婚約者の人がかわいそう」

「いや、破談になるのも時間の問題だろう。恋人のひとりが悶着を起こしたらしい。飲み屋の女じゃなくて、秘書室の女のほうだ。いま頃は修羅場なんじゃないのか？　ざまあみろだ」

あまりにも久世が晴れ晴れとした表情をしていたので、つい見惚れてしまった。

たとえ悪党だとしても、初めて恋をした相手だ。殺伐とした雰囲気をまとわせているより、機嫌よく笑っているほうがいい。

「よかったね、順調で」

つられて真那也も笑うと、久世がおどろいた顔をする。

「なんだよ、他人ごとみたいな言い方だな」

「だって他人ごとだよ。俺は兄さんが持ってる土地なんてどうでもいいもん」

「いやいや、あいつの土地を君の名義にして、君から友和リゾートが買い取る話だろ？　他人ごとじゃないじゃないか」

「うーん」

　確かにそうかもしれないが、ピンと来ないものはピンと来ない。

「俺は兄さんに会えてすっきりしたから、他のことはどうでもいいんだ。兄さんのことも昔のことも、全然考えなくなったしね」

「本当か？」

「うん。すっごく楽になった」

　兄と対峙して吹っ切れたというのもあるが、いちばんは久世に恋をしたからだろう。

　恋の威力はとてつもなく大きい。家出をしてから四年間、ずっと頭を占めていたことが、これほどきれいさっぱりとどこかへ飛んでいくとは思ってもいなかった。真那也の恋人として兄に激情をぶつける久世の姿を思いだすたび、胸が熱くなる。

　本当は演技じゃないいんじゃないの？　と冗談っぽく訊いてみたい衝動に駆られるものの、演技だと最初に言っただろうがと真顔で返されたらそこで終わってしまうので、なんとか押しとどめているところだ。

（次は恋人のふりじゃなくて、本当の恋人になってほしいなぁ）

ひとりでにやにや笑っていると、久世に頭のてっぺんを撫でられた。

「交渉もうまくいったんだ。次は俺が約束を果たす番だな。仕事はどうしたい？　働くなら正社員のほうがいいだろ。希望の職種があれば言ってくれ。就職口を探してやる」

「就職口？　俺の？」

何の話になったのか分からず、きょとんとして瞬く。

「俺、クノップでいいよ。働きやすいし、いい人ばかりだし」

「八木の店か。あそこは正社員を募集してないぞ。まあ、ゆっくり考えたらいいさ。アルバイトをしながら専門学校に通うのもいいし、大学進学を目指すのもありだろう。君はまだ二十二、なんでもできる。土地代を資金にして、和史に踏みにじられた人生を取り戻せ」

「人生を、取り戻す……」

ぽかんと口を半開きにする真那也を置いて、久世は言葉を続ける。

「新居のことも考えなきゃいけないな。うちの不動産部門で扱ってる物件でよければ、いつでも案内させる。希望のエリアや間取りはあるか？」

——和史から土地を奪うことができたら、新しい仕事も住居も俺が探してやる。

最初の約束をようやく思いだし、目をまん丸にする。久世が約束を果たす、イコール真那也は、近いうちにここを出なければいけないということだ。

「ちょ、ちょっと待ってよ。急に言われても心の準備が……ああいや、急じゃないけど、俺すっかり忘れてて……」

どうしよう、久世の側から離れたくない——。

頭のなかが真っ白になり、あわあわと言葉を繰りだす。

「俺、出ていかないとだめ？　……だめだよね、生活費とか一円も払ってないし。あっ、このマンションって賃貸？　だったら俺が家賃の半分を出すよ。それから光熱費もっ」

我ながら名案だと思ったのも束の間、久世の返答を聞く前に無理だと気がついた。

たとえ賃貸物件だとしても、コンシェルジュが常駐しているようなマンションだ。真那也のアルバイト代では家賃の半分どころか、三分の一も払えないだろう。がっくりとうなだれ、こめかみをかきむしる。

「ええっとええっと……じゃ、俺は久世さんの家政夫になる。料理も洗濯も掃除も、全部俺がやる。あっ、料理はいまんとこ下手くそだけど、伸びしろはあると思うんだよね。だってやる気に満ち溢れてるから。すっごいおいしいごはんを作るよ、今日から」

力強くうなずいたとき、久世が眉間に皺を寄せていることに気がついた。

むっとしているというよりも、理解不能なものに遭遇したときのような表情だ。久世はそんな表情で真那也をじっと見る。

「ひとつ訊きたいんだが、君はここで暮らしたいのか？」

「うん、暮らしたい」

真那也が答えると、目の前の眉間の皺が一本から二本に増える。

「俺とひとつ屋根の下で暮らすのは苦にならないのか?」

「全然」

即答したあとではっとした。

「ああっ、家賃も光熱費も食費も払ってないからじゃないよ? 俺も今日からできるだけ生活費を負担する。ていうか、負担させてください。いままで久世さんに甘えすぎてました」

「何言ってるんだ。俺は君から生活費をとろうと思ったことなんてないし、これからも思わない。俺が訊きたいのは、君の兄貴と性別も年齢も同じな俺と、いっしょに暮らすのは平気なのかってことだ」

怒っているような顔で迫られ、首を傾げる。確かに男の人とはいっしょに住めないと断言したこともあるが、久世に恋する前の話だ。

「平気も何も、俺は久世さんといっしょに暮らしたいから言ってんだけど」

「俺と?」

「他に誰がいるの」

じっと見つめ合って十秒、ぎゃあああーっと叫びたくなった。

まだ『好き』とも伝えていない段階で、言うようなことではない。いきなり就職口だの新居だのと言われたせいで、本音が出てしまった。いまさらながらに頬が真っ赤に染まり、どこに視線をやっていいのか分からなくなる。

(ど、どうしよう……もう言っちゃおうかな、久世さんが好きって)

ごくりと唾(つば)を飲んだとき、久世がはっとした表情で時計を仰(あお)ぐ。

「まずい、もうこんな時間だ。続きはまたにしよう」

「え、え、ええーっ」

うわ、逃げられた! と思い、真那也も時計を仰ぐ。まさかのまさか、久世が焦るのも納得の時刻だった。

「ひゃああ、いつの間に……ごめん、全然気づかなくって」

「君のせいじゃないさ。悪い、そこのジャケットを取ってくれ」

「うん。持ってくから、久世さんは先にエレベーターホールに向かってて」

椅子の背にかけられているダークグレーのジャケットを掴み、すぐに久世のあとを追う。

意外な方向に風が吹き始めたのは、二人でエレベーターに飛び乗ったときだった。地階のボタンを押した久世が、真那也に向き直る。

「君はたぶん誤解してると思うんだ」

真那也が「誤解?」と尋ねると、久世は「ああいや」と言葉を濁(にご)し、真那也の手渡したジャケットを羽織(はお)る。

「誤解というか、俺がいろんなことを隠してる。だから君は何も知らない」

どういうことなのだろう。意味が分からず、眉をひそめる。

「一度君とゆっくり話がしたい。近いうちに休みはあるか?」

「休み? 今日だけど?」

「今日か……」

久世が思案するように視線をさまよわせたとき、地階に着いた。

話の途中だったので、真那也も久世とともにエレベーターを降り、地下のエントランスへ向かう。扉のすぐ脇にはボディーガードの立原が立っていた。立原は久世の姿を認めると、ほっとした様子で頭を下げる。

「心配しました。いつもより十五分遅かったので」

「悪い。部屋でゆっくりしすぎたんだ」

「そういうことでしたら構いません」

立原は真那也にも会釈をすると、ゲスト用の駐車スペースに停めてある車に歩んでいく。佐伯の姿が見当たらないなと思っていたら、どうも運転席から降りなかったようだ。ハンドルに両腕を乗せ、不躾な視線を久世にそそいでいる。

ぐずぐずしてないでさっさと仕事に行けよとでも思っているのかもしれない。なんだか感じが悪かったので、佐伯の視線を塞ぐように車の前に立ってやる。「おい、車が動いたらどうする。危ないぞ」と、すぐに久世に腕を引かれてしまったが。

「今日は何か予定を入れてるのか？」

「え？　……ううん、何も」

「だったら仕事を早く終わらせるから、外でいっしょに食事をしないか？　仕事の目処がついたら連絡するよ。おそらくそう遅くない時間に君と落ち合えると思う」

思わず、やった！　と握り拳を作る。待ち合わせて食事に行くなんて、世間で言うデートと変わらない。「うんっ！」と勢いよくうなずいたあとで、不安になった。

「だけど久世さんが隠してることって何？　俺が聞いたらショックを受けるようなこと？」

「たとえば？」

即座に返され、口ごもる。

久世から聞かされてショックを受けるようなことというと、ひとつしかない。目をしばたたかせながら、久世の左手の薬指に収まっている指輪に、ちょんと触れる。

「久世さん、ずっと好きな人がいるんだよね？　実はその人と付き合ってるとか、その人とよく似た人と付き合い始めたとか」

「まさか」

久世は笑うと、左手を軽く持ちあげる。

「この指輪のことも君は勘ちがいしてる。今夜すべて打ち明けるよ。俺の話を聞いて、君がそれでも俺と暮らしたいと思うなら、いっしょに暮らそう。俺もできることなら、君と暮らしたいと思ってるんだ」

「ほんとにっ？」

これからも久世と暮らせるかもしれない――。

あまりにもうれしくて、あやうく久世に抱きついてしまうところだった。なんとか踏みとどまったものの、こみ上げてくる喜びが大きすぎて、ぱあっと笑ってしまう。久世が何を隠しているのか知らないが、穏やかな表情を見る限り、そう怖い話ではなさそうだ。

「じゃあ今夜、いろいろ教えてね」

「決まりだな。よし、君と食事に行くのなら、今日は自分の車で出勤しよう」

久世が言いながら車に向かう。うれしい約束をしたばかりなので、なんだか離れがたい。結局真那也も久世についていく。

「楽しみだな。久世さんと晩ごはんいっしょに食べるの、久しぶりだし」

「食べたいものがあるなら、ＬＩＮＥを入れておいてくれ。夕方に一度連絡する」

「うん、了解」

車に乗り込んだ久世に、「いってらっしゃい」と笑顔で手を振る。

久世が車を発進させると、佐伯の運転する車もあとに続く。お待たせしてすみませんという意味で、軽く頭を下げる。会釈を返してくれたのは立原だけで、佐伯には無視された。

（ほんっと、感じ悪いよなぁ）

両手を腰に当て、ふんと鼻息を吐いたものの、すぐにどうでもよくなった。

今夜は久世とデートだ。ふふっと笑い、飛び跳ねるようにしてマンションへ戻る。


『――七時には会社を出られそうだ』

久世から真那也のもとへ電話が入ったのは、夕方の五時過ぎだった。

『うちの会社の最寄り駅まで出てこられるか？　無理ならマンションにいったん戻るけど』

「ううん、大丈夫。一回行ったことあるし、俺が駅まで出るよ」

『そうか？　だったら駅の周辺を適当にぶらついててくれ。もしかしたら少し遅れるかもしれない。どちらにしろ、また連絡するよ』

「オッケー」

久世に買ってもらった服のなかでいちばん気に入っているものに着替え、真那也がマンションを出たのが六時前。待ち合わせの駅に着いたのは六時半過ぎだったと思う。

専務の肩書きを持つ久世のことだ。本人の言ったとおりに、七時に会社を出られるとは真那也も思っていなかった。久世から『仕事が終わった』とＬＩＮＥが入ったのが、七時二十分。『りょーかい』と返した十分後に、『悪い』『野暮用』『遅れる』と久世から立て続けにＬＩＮＥが届き、真那也は苦笑しながら『大丈夫。待ってるよ』と返したのだが――。

（いくらなんでも遅すぎない？）

ため息をひとつつき、駅舎を振り返る。

駅舎の電光掲示板に表示されている時刻は、二十時五十分。真那也はかれこれ二時間以上も待ちぼうけを食らっていることになる。

地下街をぶらつくことにもスマホをいじることにも飽きてしまった。仕方なくベンチに腰をかけ、引っきりなしにバスやタクシーが出たり入ったりするロータリーを眺める。

野暮用というのは、おそらく仕事の類いだろう。だから大人しく待つのが正しい。そう信じて待ち合わせの駅から動かずにいるのだが、どうにもそわそわしてしまう。『遅れる』というLINE以降、久世からまったく連絡がないことも引っかかる。

（電話してみよっかなぁ。だけど仕事の邪魔はしたくないし。……あ、待てよ）

久世本人ではなく、友和リゾートに電話をする手がある。どうしてすぐに思いつかなかったのだろう。『専務は取り込み中です』と応対されたなら、お礼を言って切ればいい。

真那也はいつかもらった久世の名刺を取りだした。

代表電話と専務室直通の二つの番号が印刷されている。迷った末に、まずは代表電話にかけてみることにした。

『ありがとうございます。友和リゾートでございます』

「あっ、あの――」

真那也が名乗る前に『本日の営業は終了いたしました』と音声が流れてきて、愕然とする。すでに夜の九時が近いのだから、表立った業務は終了していて当然だ。もっと早く電話をかけておけばよかったと悔やみながら、次は専務室直通の番号を押してみる。今度は生きた人間らしい男性が電話に出てくれた。

「あの、新條真那也といいます。専務の久世さんはいらっしゃいますか?」

不審な電話だと思われては困るので、「今夜の七時に会う約束をしてたんです。でも久世さんから連絡がなくて心配で、あっ、仕事なら全然構わないんです」と一息に伝える。

三、四秒の沈黙のあと、男性が不思議そうな声音で言った。

『申し訳ございません。久世は本日すでに退社いたしました』

「退社? ……ってもう帰ったってことですか?」

『ええ』

うろたえたのも束の間、よくよく考えればおかしなことではない。きっと久世はほんの少し前に仕事を終えて、急いで真那也のもとへ向かっている最中なのだろう。慌てふためいて電話をした自分がはずかしくなり、頬が熱くなる。

「ありがとうございます。ではもう少し待ってみることにします。ちなみに久世さんが会社を出られたのって、何時頃のことなんでしょう」

念のために尋ねてみたところ、『少々お待ちください。ええっと、七時十五分ですね』と答えられてしまい、今度は本気でおどろいた。

「七時十五分……」

ということは、七時二十分のＬＩＮＥの時点で、やはり久世は仕事を終えていたのだ。だが会社から真那也のもとへ向かうまでの間に、野暮用とやらが発生した――。

真那也は通話を終えると、駅舎の電光掲示板を確かめた。

二十一時二分。これだけの時間をかけても終わらない野暮用とは、いったい何なのだろう。単に久世が真那也との約束を後まわしにしているだけなら構わないが、もし連絡を入れることのできない状況に陥っているのだとしたら――。

（んなわけないか。都内で遭難なんてしようがないし）

とりあえず久世のスマホに電話をかけてみる。

が、素っ気ないコール音が聞こえるだけで、一向に繋がらない。

（うーん、弱ったなぁ）

待つか、動くか。ひとしきり悩んでから、動くと決めた。

仕事を終えているのは確かなのだから、会社から駅までの道筋のどこかに、久世の車があるかもしれない。それを信じて友和リゾートのビルに向かうべく、足を踏みだす。

歩きながら久世に電話をかけてみたものの、やはり繋がらない。五回かけても六回かけても繋がらないとなると、さすがに落ち着かなくなってきた。

（お願い、電話に出てよぉ……）

ほとんど半泣きになりながらしつこく電話をかけていたときだった。初めて呼出音が途切れ、繋がったのが分かった。

「あ、久世さん？　よかったー。もしかしてなんかあったんじゃないかなと思ってさ。何回も電話してごめんね。いま話しても平気？」

ぱっと笑みを広げたのも束の間、久世はうんともすんとも言ってくれない。

「久世さん？」

立ち止まり、ぐっと強く耳にスマホを押し当てる。ようやくくぐもった声で『悪い……』と聞こえてきた。

『たぶん、今日は無理だ。……ごめんな、約束してたのに』

なんだか声が遠くて聞きとりにくい。けれどまちがいなく久世の声だ。

「いいよ、全然。ごはんなんていつでも行けるしね。俺、めっちゃ心配したんだよ？　専務室にも電話かけちゃった。ねえ、いまどこ？　用事はまだ終わんない？　俺、適当に晩ごはんを買ってマンションに帰ってようか？」

『だな。とりあえず……君はマンションに帰れ。戸締まりは厳重に……』

「オッケー。じゃあそうするね。晩ごはん、何がいい？」

『……任せる』

なんだろう。久世は久世なのだが、声の調子がいつもとちがう。ときどきまじる呼吸音らしきもの。これは肩で息をしているということではないのだろうか。

「どうしたの？　なんか変だよ。大丈夫？」

返答がない。ただ、荒い息づかいだけが聞こえてくる。

きっと何かあったのだ。さすがに察し、すっと背中の辺りが寒くなっていく。

「久世さん。俺、やっぱ帰るのやめる。迎えに行くよ。そこで待ってて」

真那也は言いながら路肩に走ると、客待ちをしているタクシーに乗り込んだ。

『来なくていい、大丈夫だから。……ああ、だけど……』

後部座席を振り向き、「どちらまで？」と尋ねる運転手に、ちょっと待ってくださいとジェスチャーしながら、スマホに耳を澄ませる。

『指にさ、力が入んねえんだ。自分じゃ、もう電話できない。……悪い、真那也。警察を呼んでくれ』

警察という単語を聞いた瞬間、全身に鳥肌が立った。

動転してはいけない。ぐっと歯を食いしばってから、つとめて冷静な声を出す。

「分かった。任せて。いまいるところの住所って分かる？」

『池袋。建設中の商業ビル……友和がやってる』

「了解。いったん切るね」

『待っ……ちゃんと帰れよ。些細なトラブルに巻き込まれただけなんだ。心配はいらない』

無理に繕っているのが分かるような声だ。電話を切りたくなかったが、切らなければ一一〇番できない。久世には「大丈夫、帰るから」と答えて通話を終わらせ、運転手に「池袋方面へ向かってください」と頼む。

そのあと、すぐに警察に電話した。何が起こっているのか分からないので、「知人が助けを求めているんです。警察に電話してほしいと頼まれたんです！」と繰り返す。

「お客さん、何かあったんですか？」

「知人がトラブルに巻き込まれたみたいなんです。急いでください」

真那也が必死の形相で後部座席から身を乗りだすと、運転手も緊迫したものを感じとったのだろう。車列と車列の間をすり抜けながら速度を上げてくれ、ほどなくして池袋の駅が見えてきた。

「この辺りに建設中の商業ビルってありますか？　施工主が友和リゾートの」

「友和リゾート……ああ、ありますよ。でっかいやつが」

「よかった。じゃあ、そっちにまわってください」
四、五分ほど行くと、立ち入り禁止の防護柵に点滅する赤い灯が見えてきた。
車窓に額をくっつけ、防護柵の内側に目を凝らす。車窓からでは全貌を摑めないほど巨大な建物だ。建物の四方を覆う防音シートには、友和リゾートの社名とロゴマーク。ここだと確信し、急いで料金を精算してタクシーを降りる。

「あっ、お客さん、警察が来るまで待ったほうが――」

「知人の声の様子が変だったんです。もしかしたら体の具合が悪いのか、怪我を負っているのかもしれません」

運転手は「えっ」と声を上げると、懐中電灯を片手に真那也のもとへ駆けてきた。

「私も同行します」

「ありがとうございます、助かります」

防護柵の内側に入りたかったが、入り口がどこにあるのか分からない。あったとしても施錠されているだろう。思いきって柵をよじのぼり、越える。

次に行く手を阻むのは、分厚いシートだ。躊躇することなく体を縮め、シートの下にもぐり込む。手のひらと膝に食い込む砂利が痛かったが、そんなことは気にしていられない。運転手とともにシートの下をほふく前進し、なんとか侵入に成功できた。

「うわあ、こりゃ広いなぁ」

運転手の懐中電灯が、鉄筋の骨組みや無人の重機を照らしだす。

何もかも巨大で、別世界に迷い込んだ気分だ。ここが街中とは思えないほど、辺りはしんと静まり返っている。ところどころに青白い光が灯っているものの、明かりは建設途中の骨組みの上部に取りつけられているので、地上にほとんど光は届かない。運転手の懐中電灯がなければ、暗闇と大差なかった。

「久世さん？　ねえ、久世さん、いるの？」

呼びかけながら、そろりと歩みを進める。いたるところに鋼材（こうざい）やビニールシート、鉄屑（てつくず）のようなものが積み重ねられていて、乏（とぼ）しい明かりの下では駆けまわって捜すことができない。久世を呼ぶ真那也の声だけが、しじまにこだまする。

「運転手さん、池袋に友和リゾートが建設してるビルって他にもありますか？」

「いや、ここだけだったと思いますよ」

右、左、また右と照らす懐中電灯の明かりがふと揺らめき、前方に固定された。

「ひ……っ」と運転手が息を呑む。

懐中電灯の照らす先には、山積みされた鋼材に背を預け、地べたに大きく足を投げだして座る人の姿があった。人影はがっくりとうなだれていて、顔までは分からない。けれど、すっとした長軀（ちょうく）とダークグレーのスーツに見覚えがある。

「久世さんっ」

真那也が叫んだのと同時に、運転手が悲鳴を上げて懐中電灯を取り落とした。

地べたに転がった明かりが、久世の体の下に広がる水たまりのようなものを照らす。すぐさま懐中電灯を拾いあげ、久世に向ける。脇腹にナイフが突き立っていて、おびただしい血で汚れているのが見えた。

「わ、私、救急車を呼んできますっ」

運転手が転げるようにしてシートのほうへ向かう。真那也は急いで久世のもとへ駆け寄ると、いまにも崩れそうな体を抱き支えた。

「久世さん、しっかりして」

「……真、那……？」

「そうだよ、真那也。迎えに来たんだ」

よかった、息がある。

ぐらつく久世の頭をそっと自分の鎖骨に押しつける。やわらかな黒髪が顎に触れ、それだけで泣きそうになった。

「誰に刺されたの？　もしかして兄さん？」

久世が呻きながら、「いや……」と首を横に振る。

「……佐伯、だ……」

「佐伯？　……えっ、佐伯さん？」

久世のボディーガードのひとり、軍鶏に似ているほうだ。今朝、車のなかから久世を凝視していた姿がよみがえる。久世によい感情を持っていないことは薄々察していたものの、まさか刃を向けてくるほどだったとは。

「ど、どうして佐伯さんが――」

思わず声にしたことを後悔した。久世が眉間を険しくし、「知るもんかっ」と吐き捨てる。

「社を出てすぐに、話したいことがあるって車に乗せられたんだ。俺はあいつの父親から先祖代々続く土地を買い上げたらしい。だからなんだってんだ……くそう」

久世の気を昂ぶらせるようなことを訊いてはだめだ。「大丈夫だよ、ちゃんと警察が捕まえてくれるから」と久世の肩を撫でさすりながらなだめる。足許はほとんど血の海だ。久世の手から滑り落ちたらしいスマホが、黒い水面に横たわっている。

「……ああ、夢かな……夢っぽい。……俺、来なくていいって言ったもんな」

「俺のこと？ 夢じゃないよ。ちゃんとここにいる」

意識が混濁し始めたのだろうか。二秒先、三秒先が怖くて、冷静なふりをするのが難しい。警察と救急車はいつ来るのだろう。早く早くと心のなかで叫ぶのに、サイレンの音は一向に聞こえない。

「俺、側にいるから心配しないで。久世さんはもうしゃべっちゃだめだよ。傷口が開いたら大変だから」

「いや、言う……最後かもしれねえし」

「やめてよ、最後かもってそんな」

「好きなんだ」

「え？」

「君が好きだ」

おどろいて久世を見た拍子に、久世の頭がぐらんと揺れた。

慌てて抱き直し、あらためて久世を見る。久世は目を閉じていて、真那也を見ていない。けれど口許には微笑をたたえている。

「好きなんだ。君が地元で暮らしていた頃から……ずっと」

言葉ひとつひとつを噛みしめるように伝えられ、ただただ目を瞠る。

ずっと好きだった。久世はそう言っている。いまここにいる、真那也のことを。

「君はいつもきらきらしてて、たくさんの友達に囲まれてて……無邪気さを絵に描いたら、君になるんじゃないかな。俺は君を見てるだけで……ほんの少し言葉を交わせるだけで、本当に幸せだったんだ」

「ちょ、ちょっと待って」

どこかで同じ想いを聞いた覚えがある。

いつだったか——そう、マンションの庭で久世の恋バナを無理やり聞きだしたときだ。

真那也と同じ場所に泣きぼくろのある人。その人はもういないのに、久世はいまでも想い続けているということ。「その人以外には心を動かされないんだ」とはっきり口にされ、悲しくなったこと。

「えっ、じゃあ久世さんの好きな人って……俺?」

「そう、君」

久世がかすかに笑う。

こんなやりとりをしている場合ではない。頭では分かっているのに、久世の言葉が熱い雫(しずく)となり、真那也の心に広がっていく。

そっか。久世さんは俺が好きだったのか。

告げられたばかりの想いを胸のなかでなぞっていると、「だけど——」と久世が言う。先ほどとは打って変わり、獣が唸(うな)るような声だ。

「あいつが……和史が、君をめちゃくちゃにした。二年前にそれを知ったとき、気がおかしくなるかと思ったよ。和史だけは一生かかっても地獄に叩き落としてやる。俺はそう決め、生きてきたんだ。だけどあいつと同じくらい、許せなかったのは——」

久世が激しく咳き込んだので、慌てて背中をさする。

「お願い、もうしゃべらないで。病院に着いたらいくらでも聞くから」

「……俺、自身だ」

「え?」

久世はわななく手で真那也の肩を摑むと、初めて顔を上げる。

「俺は、俺も許せなかった。……君を見てるだけでいい、そんなふうに思わずにちゃんと想いを伝えていれば……振られることも軽蔑(けいべつ)されることも恐れなかったら、君は和史に体をもてあそばれたとき、俺を頼ってくれたんじゃないのか？」

　久世が苦しそうに目許を歪める。

「君が高二の頃、俺はすでに東京で働いてたんだ。君を安全な場所にかくまうことも、あたたかな食事を用意することも……和史をめちゃくちゃにぶん殴ることも、俺には簡単にできたんだよ」

　久世の目には涙が光っていた。後悔の深さを見せられた気がして息を呑む。

　たまらず久世を抱きしめようとしたものの、久世は肩を揺すって拒み、かわりに歯軋りをしながら拳を握る。ナイフの突き立っているところから、ごぶっ、と新しい血が溢れでるのが見えた。

「くそう……こんなところで死ぬんなら、和史を殺しておけばよかった。あいつが君にした何倍もひどいやり方で、俺が……俺が」

「やめてよっ。そんな怖いこと、思わないで！」

「なぜ。君は和史を許しているのか？　あいつの思いは恋じゃない。君だって分かっただろうが。謝罪すらまともにできない男なんだぞ？」

「だから、兄さんのことはもういいんだってばっ」

　叫ぶように言いながら、今度こそ久世を抱きしめる。

　まだ警察も救急車も来ない。溢れる血はすでに久世の下半身すべてを赤く染めている。

「久世さん、落ち着いてよ。今朝も話したじゃん。兄さんのことはもうどうでもいい。久世さんが忘れさせてくれたんじゃないか」

「……俺が？」

「そうだよ。いっしょに兄さんに会いに行った日、俺の心にあった嫌な思い出を、久世さんが全部吹き飛ばしてくれたんだ。うそじゃない、俺の心にあの人はいないよ。何もかも終わったことなんだ」

だから後悔しないでほしい。ぐっと強く、久世を抱く。

「本当に……本当に吹っ切れたのか？　あれほど思いつめていたのに？」

「うん。久世さんのおかげだよ。俺はこれからのことを考えて生きていく。過去は振り返らない。決めたんだ」

久世はもう真那也を振り払おうとはしなかった。「そうか、よかった……」と細い声で呟くと、されるがままになっている。荒ぶる魂がようやく本来の形を取り戻し、久世の胸に戻ったような気がした。

「演技じゃなかったんだね。兄さんにぶつけた言葉って」

「ああ。最初から最後まですべて本音だよ。君の恋人として和史と対峙できる……千載一遇（せんざいいちぐう）のチャンスだったからな」

久世が吐息で笑い、真那也の胸にもたれかかる。

「俺は、昔の君を取り戻したかったんだ。そして陽のある世界へ帰す。……中華料理屋で暗い顔して働いている君を見て、決意した。……だからって俺ひとりでやれることじゃない。君には和史と会って、過去を乗り越えてほしかったんだ」

再会したばかりの頃の、妙に躍起になっていた久世の言動がよみがえる。そうか、そういうことだったんだと、涙ぐみながら久世の髪に頬ずりをする。

「俺、てっきり久世さんは、兄さんの持ってる土地が欲しくてたまんないのかと思ってたよ」

「馬鹿だな……そっちが演技だよ。田舎町にリゾートホテルなんか建てられるもんか。土地は君が生きていくための資金にできるから、奪おうと思っただけだ」

久世がほんの少し顔を上げて笑う。真那也も同じように笑おうと思ったが、久世の顔が土気色に変わっているのが分かり、とても笑えなかった。

「ごめん、久世さん、ここまでにしよう。しゃべってると血が止まらないから」

「血？」

久世が身じろぎをし、自分の脇腹を見る。

まさかいま気づいたわけではないだろうに、「ああ、本当だ」と間延びした声で言われ、真那也のほうが泣きそうになった。

「俺は執念深いから、ぜったい化けて出るだろうな。……半透明の俺がベッドの上であぐらをかいてても、悲鳴を上げるなよ」

「だからそういうことは言わないでって。これから俺といっしょに病院に――」

まともに会話を交わせたのはそこまでだった。

「ちょっ……！」

急に久世の体が重くなり、バランスを崩してしまった。

どうにか踏ん張り、膝の上に久世を寝かせることができたものの、久世はうっすらと笑みをたたえた表情で、弱々しい息をしている。暗がりでも分かるほど、顔色が悪い。そっと頬に触れてみる。人の体とは思えないほど、冷えていた。

「久世さん、しっかりしてよ。ねえってばっ」

頬や額、顎の下と、肌があらわになっているところに順に手を置いて、なんとか温もりを移そうと試みる。

「俺も久世さんに話したいことがあったんだ。ひとりでしゃべってずるいよ。俺さ、久世さんのことが好きなの。いっしょに暮らすようになってから好きになったんだ」

きっと久世は目を丸くして、うそだろう？　と言うだろう。

だが、待てども待てども、久世のまぶたが持ちあがらない。ぼたぼたとこぼれる真那也の涙が、久世の頬を濡らしていく。

「ねえ、久世さんってば！　俺の話、聞いてよ。俺、人生で初の告白をしてんだよ？　大好きだって言ってんの、久世さんのことが！」

――走馬灯のように、久世と過ごした日々がよみがえる。

どうして気づかなかったのだろう。強引なやり方で真那也をさらったときも、半ば無理やりに真那也の体を奪ったときも、久世の根底にあった、強く深い想い。真那也が過去にとらわれ、傷ついていたように、久世も同じように過去にとらわれ、傷ついていたことを。

孤高の鵺は、真那也のためだけにいた。

久世の想いがつむじ風となり、真那也の心に吹き荒ぶ。

ようやくパトカーと救急車のサイレンの音が聞こえてきた。


それからのことはあまり覚えていない。

救急車に同乗し、救急病院に辿り着いてもなお、生きた心地がしなかった。集中治療室に運ばれる久世を祈るような思いで見送ったのも束の間、今度は第一発見者として警察に事情を訊かれた。

久世とはいっしょに食事をする予定だったこと。こちらから電話をかけたときに、警察に通報してほしいと頼まれたこと。タクシーを使って建設中のビルに向かい、タクシーの運転手とともに久世を見つけたこと。犯人は佐伯だと久世の口から聞いたこと。

順を追って説明しながらも、頭はどこか靄がかかったような感じではっきりしない。警察官からジャンパーを渡され、初めて自分が血まみれだということに気がついた。

きっとここにいる自分は抜け殻なのだろう。心は体を飛びだして集中治療室のガラスにへばりつき、必死になって久世の名前を呼んでいる。心の抜けた体はひどく重かった。

「新條さん、と仰られましたかね」

年配の男性に声をかけられたのは、ぼんやりと待合室のソファーに座っているときだった。きっと久世の伯父だろう。一度ホームページで写真を見ているし、警察官が彼のことを「久世さん」と呼ぶのも聞いている。彼もまた警察官経由で真那也の名前を耳にしていたようで、真那也が肯定する前に頭を下げる。

「久世武晴といいます。隼人の父親が私の弟でして。弟のかわりにお礼を申し上げます。この度は隼人がお世話になりました」

「お世話だなんてそんな……新條真那也です。初めまして」

立ちあがって頭を下げるつもりが、ふらついてしまった。あやうく転びそうになったところを武晴に支えられ、二人でそろりと同じソファーに腰を下ろす。

「隼人と同居されているそうですね。何も聞いていなかったので、おどろきました」

「隼人さんは、ぼくの義理の兄の同級生なんです。隼人さんと再会したときにその、ぼくが住む場所に困っていたものですから」

あの頃はまさか久世に恋をするとは思ってもいなかった。平気で久世に食ってかかっていたことを思いだし、胸が苦しくなる。

「あの、隼人さんの容態はどうなんでしょう」

「いまはまだなんとも。今日明日が山だと聞いています。隼人の両親もいま駆けつけているところです」

「そうですか……」

変に遠慮なんてせず、もっと早く友和リゾートに電話をかければよかった。真那也がじっとロータリーで待っている間に、久世は佐伯に刺されてしまったのだ。悔やんでも悔やみきれず、唇が小刻みに震えていく。

「きっと隼人は助かりますよ。あなたが隼人を見つけてくださって本当によかった。あのまま隼人が朝までひとりきりだったらどうなっていたことか……感謝します」

武晴が真那也の背中を撫でさする。

「新條さん。隼人には私と妻が付き添いますから、あなたは帰って休んだほうがいい。社の者に送らせます。何かあれば連絡をしますから」

病院を離れたくなかったが、真那也がここにいてもできることは何もない。久世の両親も来るのなら、なおさらだろう。

「隼人さんのこと、どうかよろしくお願いします」

真那也は何度も武晴に頭を下げ、病院をあとにした。

青く澄んだ空をリビングのソファーからぼうと見つめる。帰宅してからとりあえず着替えただけで、何もする気が起こらない。

性懲り（しょうこ）もなく濡れてくる目許をごしごしと擦（こす）っていると、八木から電話がかかってきた。朝のニュースで事件のことが流れたらしい。「しばらくバイトは休んだらいいから」と言われ、甘えることにした。

ろくに眠ることもせず、めそめそと泣いて過ごしたのは一日だけだった。

泣いていてもしようがない。久世がいつ帰ってきてもいいように、広い最上階の部屋をきれいに整える。一日経っても二日経っても久世の意識が戻らず、何かしていないと落ち着かないというのもあった。けれどふいに糸が切れたようになり、掃除道具を散らかしたままのリビングで何時間もぼうとする。

久世がいなくても、朝が来て昼が来て、また夜が来るのだろう。日々の営（いとな）みから置き去りにされてしまったのは久世のほうなのに、自分のほうが置き去りにされてしまった気がした。世界中で真那也にだけ、朝も昼も夜も来ない。頭にはいまだ靄がかかっているようだった。

「佐伯が逮捕されました」

それは武晴からの電話で知った。

佐伯の父は三年前、友和リゾートに土地を売ったあとに首を吊って亡くなったようだ。代々続く土地を売り払ってもなお返せないほどに膨らんだ、借金を苦にしてのものらしい。いつか見たブログは当時の佐伯が開設していたもののようで、みっしりと恨みつらみが綴られたブログの記事を、その日のワイドショーが伝えていた。

「佐伯が隼人のボディーガードになったのは、偶然だったようです。けれどその偶然が、佐伯に昔の記憶を思いださせたようで……。自分の人生がうまくいかないのはすべて友和リゾートが父から土地を奪ったせいだと。ひどい逆恨みです。隼人には申し訳ないことをしました」

久しぶりに会う武晴は、事件の夜よりも憔悴しているように見えた。

ボディーガードとして佐伯を雇ったのは、武晴だと聞いている。病院内のカフェでうなだれる武晴に、真那也はかける言葉もなかった。

「ところで隼人さんの容態はどうですか？　まだ意識は戻らないんでしょうか」

久世はいまだ集中治療室にいる。真那也が見舞っても、家族ではないので医師から話を聞く機会は持てない。今日はナースステーションの前で偶然武晴に会ったので幸運だった。

「実は今日、目を開けたそうですよ」

「えっ、本当ですか？」

「しばらく看護師の顔を見つめてから目を閉じたようです。自分のいる場所が病院だと分かり、安心したのかもしれません」

久世が目を開けた――これは大きな一歩だろう。胸を撫でおろしていると、武晴が「ああ、そうだ」と呟く。

「新條さんと病院でお会いできなかったら、マンションのほうへ伺おうと思っていたのです。これをあなたにお渡ししておきたくて」

武晴がジャケットのポケットを探り、ハンカチに包まれたものを取りだした。

なんだろう。包みを解く手をじっと見る。ハンカチから出てきたのは、銀色の指輪だった。

「あ、これって久世さんの」

見覚えのあるフォルムに思わず言う。

間近で見たのは今日が初めてだが、久世がいつも左手の薬指に嵌めていた指輪にまちがいない。表面に英文のようなものが彫られている。

「事件当夜の隼人の所持品のひとつです。結婚もしていないのにつけるものじゃないだろうと何度か注意したんですが、どうにもこだわりがあるようで外そうとしない。もしかしてこの指輪は、隼人からあなたに贈ったものではないですか?」

「隼人さんからぼくに? まさか。それは隼人さんが自分のために作った指輪です。隼人さんが彫金師に依頼してこの英文を彫ってもらったと、お友達の方に聞きましたから」

真那也が言うと、武晴はずいぶんおどろいたようだった。「いや、でも」と指輪を摘まみ、窓から射し込む光にかざすようにして真那也に見せる。

「分かりますか？　指輪の裏にほら、新條さんのお名前が彫られているんですけどね」

「ぼくの、名前？」

恐る恐る武晴から指輪を受け取り、あらためて光にかざす。

——TO　MANAYA
確かに読みとれたアルファベットに目を瞠る。

「あなたのお名前でまちがいないですよね？」

「ええ、ぼくの名前です……」

上擦る声で答えながら、何度も表と裏を確かめる。

——久世はたったひとりの誰かに誓いを立ててるんだ。だからあいつはぜったいに指輪を外さない。

いつかの八木の言葉がよみがえる。兄と対峙したときの久世の烈しさや、佐伯に刺された日の夜の、息を乱しながらの告白も。

真那也へ。

I'll give you my all.——あなたにすべてを捧げます。

「久世さ……ん……」

本当にずっと、久世の心には真那也がいたのだろう。いや、真那也しかいなかった。あらためて久世の想いと覚悟の深さに胸を揺さぶられ、知らず知らずのうちに涙が溢れる。

「隼人と面会が可能になりましたら、すぐに新條さんに連絡します。隼人もそれを望んでいることでしょう」

武晴の言葉に、真那也は泣きながらうなずいた。

久世はぜったいに戻ってきてくれる――。

指輪に込められた想いを知ったおかげで、強く信じられるようになった。

真那也がこれほど久世に会いたいのに、真那也をずっと好きだった久世が真那也に会いたくないわけがない。勝手にそう決めつけて、久世を待つ日々を無駄にしないようにアルバイトも再開させた。

真那也が病院に行けなくなった分、武晴がこまめに久世の様子をメールで教えてくれる。

『今日の隼人は眠ってばかりです。だけど寝顔はとても穏やかですよ』

『隼人と少しだけ会話ができました。あなたのことが気になるようです』

『新條さん、喜んでください。近いうちに一般病棟に移れるだろうと担当医師に言われました』

久世は日に日に回復に向かっているようで、武晴からのメールを読むたびにほっとする。

早く久世に会いたい。目覚めているときの久世にちゃんと気持ちを伝えたい。

真那也が心待ちにしていたメールは、ある土曜日の休憩中――八木に六十三点と評価されたパンケーキを食べているときに届いた。

『今朝、隼人が一般病棟に移りました。もし来ていただけるのでしたら、お時間を教えてもらえませんか？　隼人があなたを待っています』

久世に会える――。

思わず「やった！」と声に出て、となりのテーブルで休憩中だった他のショップのスタッフに、ぎょっとした顔をされてしまった。

亀のように首を縮めてから、武晴に返事を打つ。

『アルバイトを終えてから伺います。今日は早番なので、六時頃にはそちらに行けるかと。隼人さんによろしくお伝えください』

真那也は早番の仕事を終えるとすぐにタクシーに飛び乗り、病院へ向かった。

逆恨みの刃に倒れた大企業の専務が一命をとりとめたのだ。病院には友和リゾートの関係者が大勢訪れているだろうと思っていたのだが、病棟内に目立った見舞い客の姿はない。

（あれ？　こっちの病棟じゃないのかな？）

きょろきょろと見まわしながら廊下を歩いていると、ナースステーションの前で手を振る武晴を見つけた。

「表向きはまだ面会謝絶なんですよ。仕事の話をされても隼人は疲れるでしょうし、マスコミの関係者に来られても困りますから」

「というと、お身内以外ではぼくだけですか？」

「ええ、新條さんだけです」

武晴の配慮がうれしい。頬を赤くして「ありがとうございます」と頭を下げる。

久世の病室は一般病棟のなかでも少し離れたところにあった。どうやら特別な個室のようだ。

武晴が軽くノックをし、引き戸を開ける。

「どうぞ、新條さん。――おや、眠ってしまったようです」

先に病室に入った武晴が真那也を振り返り、苦笑する。

「実は二時間ほど前に隼人の家族が見舞いに来ましてね。隼人は四人きょうだいの長男でして、歳の離れた弟と妹がいるんです。賑やかな見舞いだったので疲れたのかもしれません。隼人が目覚めるまで待たれますか？」

「あ、はい。可能ならば」

「ありがとうございます。そのほうが助かります。私はいったん社に戻りたいので、あとはお願いしてもいいでしょうか。何かあったら、そこのナースコールを押してやってください」

「分かりました」

武晴は「では」と頭を下げると、病室を出ていく。真那也はそれを見送ると、ベッドに近づいた。

久世がいる。ベッドで穏やかな寝息を立てている。頬にはうっすらと赤みが差しており、脇腹から血を流していたときの土気色がうそのようだ。

(よかった……久世さん、元気っぽい)

ようやく夜が明けた気がした。血まみれの久世の額や頬を必死に手のひらで温めて、「しっかりしてよ」と泣き叫んでいたあの夜が、いま。

胸が熱くなっていくのを感じながら、ベッド脇のスツールに腰を下ろす。

枕元にはかわいらしいフラワーアレンジメントが飾られていた。久世の家族が持ってきたものかもしれない。『早く元気になってね』と手書きのメッセージカードが添えられている。その横に積まれている漫画本は、弟が選んだ見舞いの品だろうか。中高生くらいの男の子が好んで読みそうなタイトルだ。久世が漫画本を読む姿を想像し、ふふっと口許をほころばす。

(みんな心配したんだろうな。そりゃ心配するよな、家族だもん)

会ったことのない久世の家族を思い描いていると、目の前の睫毛がぴくりと動いた。

「久世さん?」

真那也の声に応えるように、なおも睫毛が動く。そしてゆっくりと、本当にゆっくりと時間をかけて、久世のまぶたが持ちあがる。

久世の第一声は「……おっ」だった。

「びっくりした。いつ来たんだよ」

うれしい。久世が真那也を見て話しかけている。たったそれだけで小鼻がひくつき、涙がこみ上げてきた。

泣いたら久世の顔が見えなくなる。目許をごしごしと擦り、口角を持ちあげる。

「いま来たばっかり」

「そっか。いろいろ心配かけて悪かったな。やっと集中治療室から出られたんだ。腹はまだ痛いんだけど」

久世が起きあがろうとしたので、慌てて手助けをする。

「大丈夫？　寝てたほうがいいんじゃない？」

「いや、ときどき起きなきゃまずいってさ。歩く練習もそろそろ始めるよ」

「そうなんだ。病院って結構スパルタだね。あまり無理しないでね」

久世の体に触れたせいだろう。手のひらに伝わった体温がうれしくて、また涙がこみ上げてきた。なんとか涙を引っ込めて、枕元に置かれているフラワーアレンジメントと漫画本を指さす。

「これ、もしかして久世さんの家族が持ってきたの？」

「ああ、なんで知ってんだ。ちょっと前に家族勢揃いで来たんだよ。親父はときどき来てたんだけど、勢揃いは初めてでさ。いまどきの子は、滅多に会わない兄貴が相手でもよくしゃべるんだな。びっくりしたよ」

口ではそう言いつつも、久世はどことなくうれしそうだ。いつかの久世は新しい家族にうまく馴染めなかったことを悔やんでいたが、もともと久世が思うほど、家族との距離は開いていなかったのかもしれない。

「久世さん。いまどきの子がおしゃべりなんじゃなくて、大きいお兄ちゃんの命が助かったから、うれしかったんだと思うよ」

「やめろよ、大きいお兄ちゃんとか。三十手前だぞ」

「だって本当のことじゃゃん。弟くんと妹ちゃんから見たら、久世さんはいつまでも大きいお兄ちゃんなんだよ」

ひとしきり笑ってから、「あ、そうだ」と手を叩く。

「久世さんの指輪は俺が預かってるからね。伯父さんが勘ちがいして俺に渡してくれたんだ。なくしちゃったら大変だから、マンションに置いてるよ」

久世がはっとしたように真那也を見る。

「見たのか?」

あやうく、何を? と訊き返すところだった。久世が気にしているだろうことはひとつしかない。一呼吸置き、「見たよ、裏も表も全部」と正直に答える。

「……引いただろ」

「どうして? 俺はすっごくうれしかったよ」

「うれしい?」

久世が瞬き、怪訝な表情をする。

まさに潮時だ。ごくっと唾を飲み、真那也はスツールに座り直す。

胸の真ん中を占めているこの想いを、久世にちゃんと伝えたい。ずっとそればかりを願っていたはずなのに、いざ久世と向き合うと、いまさらながら緊張してしまい、目許にも頬にも熱が宿っていく。

ああ、どういう言葉で伝えよう。上と下の唇を巻き込んで考える。だが答えを出すのにそう時間はかからなかった。

ここは自分らしく直球あるのみ。腿の上に置いた手をぎゅっと握る。

「俺、久世さんのこと、好きになったんだ」

「……え？」

「久世さんの気持ちを知ったから言ってるんじゃないよ？　前にマンションの庭で恋バナしたこと覚えてる？　あのときにはもう恋してたんだと思う、久世さんに」

どういうことだと問いたげな表情をされ、たまらずうつむいてしまった。

だめだ、まだ言葉にしきれていない。ふぅと息を吐きだし、再び顔を上げる。

「俺、久世さんに恋したの」

声にしなければ、伝わるものも伝わらない。言葉選びが下手でもいい、声が震えても構わない。怯える自分にしっかりと言い聞かせる。

「だって久世さん、俺にはめちゃくちゃやさしいじゃん。すごく大事にされてることに気づいちゃったんだ。それから、俺の恋人のふりして兄さんに怒ってくれたこと。あれがすっごくうれしくて……。あの日から俺、久世さんのことしか考えられなくなったんだ」

どうか本当の恋人になってほしい。けれど久世にはずっと好きな人がいるから、無理だろうか。浮いたり沈んだりのあの頃の気持ちを思いだし、ふっと切なくなった。あの頃は足踏みするしかなかったが、いまはちがう。まっすぐに顎を持ちあげ、いちばん伝えたいことをあらためて声にする。

「俺、久世さんのことが好き」

久世は切れ長の目を丸くして——おそらく息まで止めて——、じっと真那也を見ている。想像どおりのおどろき方をされ、つい口許をほころばせてしまった。笑う真那也につられたのか、しばらくして久世も表情をほぐす。

「びっくりさせるなよ。まじで言ってるのか?」

「うん」

「本当に?」

「なんで疑うの。ほんとじゃなきゃ告白なんてしないよ。言っとくけど俺、めちゃくちゃ緊張してるんだからね」

拗(す)ねて唇を尖らせると、やっと信じてもらえたようだ。久世が「うれしいな」と笑う。

もしかして照れているのかもしれない。自分の額に手を当てたり、ほころぶ口許を隠そうとしたりする久世を初めて見た。なんだか真那也のほうも照れてきて、ふふっと笑う。

「ちなみにこれ、人生で二回目の告白だから」

「二回目？　一回目は誰にしたんだよ」

「久世さんにだよ。やっぱり聞こえてなかったんだ。建設現場で倒れてる久世さんに、めっちゃでっかい声で叫んだんだけど」

久世が「あ……」と呟き、宙に視線をやる。

「夢か空耳かと思ってた」

「聞こえてたの？」

「なんとなく。遠くのほうから、風の音にまじって聞こえるような感じかな。よく聞きとれなかったから、何がなんでも化けて出て、君に確かめようと思ってたんだ」

最後の一言がおかしくて、くすっと笑ってしまった。

「よかった。幽霊じゃない久世さんとこういう話ができて」

ほっとしたのは束の間だった。

無事に想いを伝えることができたからこそ、新しい不安が生まれてしまったのかもしれない。ついさっきまで笑っていたはずの頬が強張（こわば）っていく。

「久世さんはその、昔の俺といまの俺、どっちが好きなの？　ずっと好きで、だけどもういない人っていうのは、昔の俺のことだよね?」

答えを聞くのが怖くても、ちゃんと聞いておいたほうがいい。

昔の自分といまの自分との間には、兄とのことがある。真那也にとってはどちらも同じ自分でも、恋人になるかもしれない人にとっては、大きくちがうだろう。久世がいままで言葉にした『ずっと好きな人』の姿が、どれも昔の真那也だということも気になった。

「あー……」

久世は言葉を探すように言いながら、ゆっくりとベッドに体を横たえる。

「大丈夫? しんどくなった?」

「ああいや、ちょっとだけ」

なんとかベッドに横になった久世が、真那也のほうに体を向ける。

「どう言えばいいんだろう。好きの種類がちがうんだよな」

好きの種類がちがう――じっと久世を見て、その言葉を頭のなかでなぞる。

「昔の君は本当にかわいくて、見てるだけで癒された。どうこうしようなんて思ったことはないよ。歳も離れてるし。君が誰かと笑ってて、幸せならそれでよかったんだ」

「じゃあ、いまの俺は?」

久世は「そうだなぁ」と言って、微笑を浮かべる。

「意外に負けん気が強くて、わぁわぁ騒いでるかと思ったら、急にしおらしくなったり、顔を真っ赤にして黙り込んだりしてさ。これほど感情に起伏のある人だと思わなかった。君はいつも生き生きしてるし、君の側にいると、自分が生きてることをすごく感じる。いっしょにいて飽きないし、楽しいんだ。昔の君も好きだけど、大人になったいまの君も好きだよ」

思わず眉根を寄せる。好きだよと言われたのに、なんだか物足りない。

(俺がわがままなのかな……)

気持ちの落としどころを探していると、ふいにベッドから久世の手が伸びてきて、真那也の横髪をいじり始めた。

「ただ、見てるだけでいいとは思わなくなった。いまの君とはキスしたいし、セックスもしたい。君の心も体も俺のものにしてしまいたい。好きは好きでも、昔の想いとはちがうんだ。大人の男のふりをして君の側にいることが、きついときがある」

キスしたいし、セックスもしたい——確かに聞こえた言葉にはっとする。

これこそが、真那也の望んだ答えではないのか。男なら当然持っているだろう情欲まじりの想い。眺めるだけでなく、触れ合いたいと久世は言っているのだ。ふりではない本当の恋人は、キスもするし、セックスだってする。

(うわぁ……)

初めて久世に抱かれた日のことを思いだし、鼓動が高鳴った。

もうすっかり久世に恋をしたあとだ。きっと久世に触れられるたび、真那也の心も体も色づいていくだろう。拒む理由がどこにもないということが、うれしくてたまらない。

とても口にできないことを想像して頬を赤らめていると、

「んだよ、なんとか言ってくれよ」

と、耳たぶを引っ張られた。

自分はおどろくと固まるくせに、真那也が黙っているのは焦れるらしい。普段の大人っぽい久世も大好きだが、ときどき顔を覗かせる、どこか子どもっぽい久世も大好きだ。

「せっかちだなぁ。俺も同じ気持ちだからほっとしてるんだよ。久世さんとキスとか、他のこともたくさんしたいなって思ってる。だって初めてのときも……久世さん、すっごく大切にしてくれたからね。俺のこと」

「え？」

「なんで訊き返すんだよ。ぜったい二回も言わないからね。はずかしい」

「怒るなよ。よく聞こえなかったんだ」

「うそばっかり。そんなに小さな声で言ってないし」

おそらく真那也に二回言わせたかっただけなのだ。久世は声を立てて笑い、けれどすぐに「いてえ」と呻く。笑ったせいで傷に響いたようだ。

「もう、何やってんだよ。大丈夫？」

久世は呻いては笑い、また呻き、最後はベッドの上で体をくの字に折り曲げた。

こみ上げてくるものをなかなか抑えられないらしい。いまだくつくつと笑いながら、佐伯に刺されたほうの脇腹をさすっている。

「ったく。俺は人生でいちばん幸せなときに、人生でいちばんかっこ悪い姿をさらしてる気がするな。本当はもっと男らしく、君を口説(くど)くつもりだったんだ。なのにいつの間にか入院してるわ、腹は痛いわ、寝間着だわ……こんなんじゃ、君を押し倒したくても押し倒せないだろ。くそう、俺もつけがまわったな」

まさかそんなことを気にしているとは思ってもいなかった。あははと笑い、久世の顔の側で頬杖(ほおづえ)をつく。

「たまにはいいんじゃないの？　俺にとって久世さんは、いつでもかっこいいしね」

久世の髪をいじるつもりで手を持ちあげる。その手をいきなり引っ張られ、久世の体に覆(おお)い被(かぶ)さる体勢になってしまった。慌てて反対の手をシーツの上につく。

「えっ、何。危ないじゃん」

思わず言ってから、どきっとする。真下から真那也を見つめる眼差しは、いつになく真摯(しんし)だ。久世の二つの眸(ひとみ)には、息を呑む真那也の顔が小さく映っている。

「俺の恋人になってほしい。誰よりも大事に想っているし、大事にする。君が俺を好きになる前から、俺の心には君しかいない」

「久世さん……」

もしかして悲しい待ちぼうけを食らったあの夜、待ち合わせたとおりに会うことができて、約束したとおりにたくさんのことを話しながら食事をしていたら、久世は真那也に最後、こんなふうに告げるつもりだったのかもしれない。

じんとして、頬と胸の両方が溶け落ちそうなほど熱くなる。

「お、俺でよければ、喜んで」

真っ赤な顔で応えると、久世が笑みを広げた。

うれしくてたまらないと、その表情が言っている。同じように真那也の気持ちも久世に伝わっていることだろう。ふふふと照れ笑いをしながら、久世の額に自分の額をくっつける。

あたたかでやさしい春の陽が、体いっぱいに満ちていくようだった。

＊＊＊＊＊

「はぁー、気持ちいい」

声に出して言いながら、真那也(まなや)はヴィラのテラスで思いきり伸びをした。

前髪をくすぐっていく潮風も、南国特有の乾いた陽射しも心地好い。プライベートプールの向こうにブルーグリーンの海が広がっている光景は圧巻だ。真那也は自分がバスローブ姿だということも忘れ、プールサイドを歩く。

「あ、庭がある」

日本では見ることのない、熱帯の木々の茂る庭園だ。朝食の前にあの庭を散歩するのもいいかもしれない。さっそく久世にねだるべく、ベッドルームに引き返す。

「久世さん、そろそろ起きてよ。朝ごはんの前に散歩しない？　すっごくいいお天気だよ」

真那也の声が聞こえているのかいないのか、久世は天蓋付きの大きなベッドの上で寝返りを打つ。

「えー、まだ寝るつもり？」

ここは東京ではなく、プーケットだ。それもプール付きのエキゾチックなヴィラ。どうしてそんなところにいるのか、実は真那也もよく分からない。

武晴はいずれプーケットにリゾートホテルを建てたいようで、オーシャンフロントのホテルの雰囲気や内装の偵察を、専務であり甥っ子でもある久世に依頼したらしい。それも「退院と同時に日本を発ってほしい」と。

まだ入院中だった久世の口からそれを聞き、真那也は正直複雑だった。

（退院と同時って……じゃ、久世さんと二人っきりで一日も過ごせないってことじゃん）

とはいえ、仕事なら仕方がない。しょんぼりしつつも割り切るつもりでいたところ、「新條さんもぜひ隼人に同行してやってください」と武晴が言う。おどろいて久世に伝えると、「伯父は俺を国外に出したいだけだろう」と笑っていた。

自宅療養ならぬ、リゾート療養ということだろうか。確かにマスコミもプーケットまでは追いかけてこないだろうし、久世も仕事らしい仕事をしないで済む。

ちなみに真那也の休暇は、八木から久世への快気祝いだそうだ。これは一度聞いただけでは意味が分からず、久世と八木の双方から話を聞いて、ようやく理解できた。

「久世、退院するんだってな。おめでとう。快気祝い、何がいい？」

「おっ、悪いな。じゃ、お言葉に甘えて真那也の休暇をリクエストするよ」

「は？」

「退院したら、仕事でプーケットに行くことになったんだ。真那也も連れていきたい。とりあえず十日分でいいや。あいつの休暇、熨斗つけて俺にくれ」

というやりとりが、久世と八木との間であったらしい。

八木は「ぶっちぎりで予算オーバーなんだけど……」と肩を落としつつ、「ま、せっかくだから楽しんでおいでよ」と真那也に言ってくれた。

「えっ、本当にいいんですか？　十連休ですよ？」

「そのかわり、プーケットから戻ったらフルで入ってね。あと、お土産もよろしく」

——そんなこんなでいま、真那也はプーケットにいる。

海外旅行なんて高校の修学旅行以来だ。それも久世と二人っきり。うれしくてたまらない。

昨夜遅くにこのヴィラに着いたので、まだどこも見ていない。大きなベッドときれいなバスルームにはしゃいだくらいだろうか。ベッドに入って一分ほどで久世は寝息を立て始め、真那也も追いかけるようにして眠りに落ちた。

「ねえ、久世さんってば」

起きるつもりはないという意思表示なのか、久世は真那也に背中を向けている。

体調が万全でないのなら休んでくれて構わないが、久世が元気なのは知っている。退院の一週間ほど前から病室で仕事をしたり、わざわざ煙草を吸うために病院の敷地外に出たりと、好きなことばかりしていたのだ。

(ま、いっか。時間はたっぷりあるんだし)

くすっと笑って久世の髪をいじっていると、いきなり起きあがった久世にベッドに引きずり込まれてしまった。

「ちょおっ、……起きてたの?」

「そりゃ起きるだろ。あれだけ寝たんだから」

「はあ?」

「俺はかわいい恋人に、かわいらしく起こされるのを待ってたんだよ」

「はああ?」

スキルが必要なことを求めないでほしい。ほのかに頬が染まるのを感じながら、久世の腕のなかで身じろぎをして向かい合う。

「久世さん、おはよ」

「おはよう」

ベッドのなかでの朝の挨拶(あいさつ)は、恋人の特権かもしれない。それも揃いのバスローブ姿。なんだか体中がくすぐったくなってきて、ふふふと笑う。

「ねえ、散歩しない？　南国っぽい庭を見つけたんだ。椰子(やし)の木とか茂ってたよ」

「散歩かぁ……」

久世は気乗り薄な声で応(こた)えると、やんわりと真那也にのしかかってきた。

「ま、散歩は散歩でいいんだけどさ、真那は他に俺としたいことはないわけ？」

最近久世は、真那也を『君』と呼ぶよりも『真那』と呼ぶことのほうが多い。

下の名前で呼ばれるたび、ぐっと距離が縮(ちぢ)まった気がしてどきどきする。特にいまのように、上からじっと見つめられているときは。

「何が言いたいの？」

「なんだと思う？」

「そういう返し、ずるいと思うんだよね」

上擦(うわず)る声でなんとか言い返してみたものの、頬のほうは正直だ。久世の前でたちまち赤くなっていく。いったいいつから赤面症になってしまったのだろう。たまらず目を逸(そ)らすと、久世がふっと微笑(ほほえ)み、真那也の泣きぼくろに唇を寄せてくる。

「俺は散歩よりも先に真那としたいことがあるんだよ。昨日の夜はうっかり寝ちまって、できなかったこと。分かる?」

ここまで言われて分からないはずがない。だからといって「じゃ、しよっか」と応じるのも軽々しくて自分じゃない気がする。たとえ真那也も、同じことがしたかったのだとしても。

赤い顔で散々考えた挙句、おずおずと久世の首根に両腕を巻きつける。

この対応でよかったらしい。うれしそうに笑う久世の吐息が耳たぶに触れた。

「一応確かめておくけど……朝なんだよね、いまって」

「だから?」

「全部見えない?」

「そこがいいんだよ」

笑いまじりに返した唇が真那也の首筋に埋まる。くすぐるように辿られ、「……っぁ」と吐息が洩れた。

あっさりその気になってしまったみたいではずかしい。思わず唇を引き結ぶと、久世が顔を上げた。真那也をじっと見つめてから、結んでいる唇をぺろっと舐めてくる。

「う」

「嫌なのか?」

「……や、じゃない」

「だったらちゃんとキスしよう」

はい、と返事をするかわりに、唇をほどく。久世が顔を傾け、覆い被さってきた。

「ん……」

奥深いところに舌を差し込まれ、くらりと目がまわる。

逃げるつもりはなかったのに仰け反ってしまった。ひらりと躍った舌を久世が捕らえ、吸いあげる。強くやわくと緩急をつけて吸いつかれ、喘ぐ吐息が久世の口のなかで溶けていく。

(ああ、俺、久世さんとキスしてる……)

絡む舌の甘さに溺れていたので、バスローブの紐を解かれたことに気づいていなかった。体のラインを探るようなさりげなさで胸元をあらわにされ、はっと息を呑む。

「だめだめ、待って」

たまらず言うと、わずかに眉根を寄せた久世が額をくっつけてくる。

「困ったな。俺は待てそうにない」

「ご、ごめ……まだ裸にされるのに慣れてなくて、ちょっとだけ心の準備を……」

「いらないって、準備とか」

「いやでも……」

性懲りもなくもごもご言っていると、体を起こした久世がぐっと股座を押しつけてきた。

「分かるだろ？　俺のここは早く真那が欲しいって言ってんだよ」

「…………っ！」

下着越しに久世の昂ぶりを教えられ、かあっと体中が熱くなる。

これほど硬くしているなんて知らなかった。いますぐ奪いたいとばかりに熱根をぐりぐりと押しつけられ、真那也の雄根も下着の内側で芯を持っていく。

伝わる体温と質感が生々しい。まるで剝きだしのような――。

「ちょっ……もしかして久世さん、パンツはいてない？」

「俺も訊きたい。どうして真那はパンツはいてんだ。いらないだろ」

やっぱり生だった――。

ひゃあああ、と心のなかで叫ぶ。

「は、はくでしょ、パンツ。バスローブってパジャマだと思うんだけど」

「パジャマ？　俺のなかじゃ、服型のバスタオルだよ」

「え、え、え？」

服型のバスタオルのつもりなら、下着をつけないのは納得だ。

首から上ではうろたえつつも、体のほうは久世の昂ぶりを知り、欲情したらしい。下着のなかでいっそう強く勃ちあがる。股座と股座をくっつけている状態で、久世に伝わらないはずがない。久世は「おっ」とうれしげに笑ったかと思うと、再び真那也に腰を押しつけてくる。

「はぁ、ん……」

先をねだるようにごりごりと擦られ、息が乱れた。

もっと久世を感じたい。けれど感じられない。雄同士の触れ合いを邪魔する、一枚の布。どちらがこぼした淫液なのか、下着の真ん中がじゅくじゅくと濡れていく。

「ね、待って……お願い」

「だから待てないって言ってるだろ」

「ちが……パンツ脱ぎたい、脱がしてよぉ」

「ああ、そういうこと」

久世がすっと体を離す。てっきり下着を脱がしてくれるのかと思いきや、なかなか下着に手をかけてくれない。あれ？ と思ってちらりと見ると、ニッと笑った久世にとんでもないリクエストをされてしまった。

「自分で脱げる？ 真那が脱ぐところ、見てみたいんだよな」

「ええっ」

思いきり眉根を寄せて、「やだよ、はずかしい」と訴える。にもかかわらず、久世は素知らぬ顔だ。ベッドの上でさっさとあぐらをかいているのが憎たらしい。仕方なく体を起こし、潤んだ眸で久世を一瞥してから、脚から下着を抜く。ついでにバスローブも脱ぎ捨てた。

もじもじと太腿を擦り合わせ、ちらちらと久世を窺う。——が、こちらは全裸だというのに、一向に押し倒してくれない。

「もっ、なんでそんな意地悪すんだよ！」

涙目で叫び、あぐらをかいている久世の股座に自ら跨る。はずかしさと少しの腹立ちは、じかに触れた雄根の熱さでいとも簡単に溶かされた。

「悪い。うれしすぎて見惚れてた」

「何それ。意味分かんない」

「初めてのときは俺が力ずくで脱がしただろ？　君が抵抗できないように手首も縛ったし」

ああ、そういうことか。確かにあの夜の始まりは強引だったし、昴ぶらされるまでは怖くもあった。

「後悔してるの？」

「後悔とは少しちがうかな。ただ荒療治すぎたなとは思ってる。だいぶん泣かしたからな」

「そりゃ泣くよ。久世さんの気持ちなんて、知らなかったんだから」

けれどいまはちがう。久世の頰に手を置き、そっと唇を重ねる。睫毛が触れそうなほど近い距離で視線が交わった。大好きだよと目で伝え、もう一度唇を触れさせる。応えるように久世の手が真那也のうなじを引き寄せた。

「っ……ん」

好きだ、放さない。──想いのすべてを捻じ込むような口づけだ。

躍る舌を捕らえられ、強く吸いつかれる。頰が上気するのを感じながら、真那也のほうからも舌を絡ませてみる。終わらないキスの甘さに誘われ、いつの間にか腰が揺らめいていた。

「うん……っふ、う……」

ああ、すごくいやらしいことをしてる——。

頭では思うのに、久世の上で腰をうごめかすのをやめられない。

ちょっとだけと思いながら、股座で溶け合っている二本の雄の根に手を這わす。互いの発情を押しとどめるものは何もない。灼けるような熱さと絡むねとつきに、「あぁ……」と声が出た。そろりと手を這わすだけではとても満足できず、久世のものと自分のものを手のなかで束ね、擦り合わせてみる。

「ぁ……あっ、はぁあ」

いっそう濃厚になった快感に、頭の芯を持っていかれそうになった。もしかして久世も同じ心地を味わっているのかもしれない。低く呻いたかと思うと、熱い吐息にまみれた唇を真那也に押し当ててくる。

「どうしたんだよ。真那がこんなに積極的だなんて知らなかった」

「お、俺だって……したいし、久世さんと」

「うれしいな、そんなふうに言われると」

真那也の唇を吸いながら、久世が下方に手を持っていく。

どこかしらたどたどしかった真那也の愛撫とはちがう。あきらかに絶頂を目指す手つきで扱かれ、下肢に広がる快楽が段ちがいに大きくなった。久世の手で根元からくびれまでを擦られるたび、蜜口が切なく喘いで先走りの露を飛ばす。

「ひゃぁ……あぁ……っ」

たまらず仰け反ると、久世の舌に追いかけられた。

おとがいに落とされた口づけに煽られ、びくびくと体をわななかせながら、久世の手のなかに白濁を放つ。指の隙間から噴きでたものが、互いの股座に散った。

だが久世はまだ達していない。次の発情を急かすかのように、筋が浮くほどに滾ったものを真那也に押しつけてくる。男根で陰嚢をぐにぐにと突かれる刺激に肌が粟立ち、吐精して萎えたはずのものが再び熱を持つ。

「や、ん……っあ、あ」

本当に射精したばかりなのだろうか。あっと思う間もなく生まれてしまった欲を、どう受け止めたらいいのか分からない。余韻にしては快楽の度合いが大きく、もっとしてと体の奥が駄々をこね始める。かすれた声で啼いて久世にしがみつき、首筋にがしがしと歯を立てる。

ふいに久世の両手が後ろにまわり、左右から真那也の双丘を鷲掴みにしてきた。

開かされた秘部に、久世の昂ぶりが触れる。

「だ、だめえ」

そこはまだほぐされていない。咄嗟に固く目を瞑ったものの、久世ははなから挿入する気はなかったようだ。真那也の尻をひと撫ですると、後孔に先走りの露をなすりつけ始める。

「はぁあ……ん」

久世は真那也を見つめながら、蕾から会陰へ、会陰から蕾へと、猛ったものを行き来させる。久世の力加減ひとつで呑み込んでしまうかもしれない。濡れた亀頭を執拗に押しつけられ、後孔の襞がじょじょにめくれていく。

「どう？　いい感じ？」

「分かんな……い」

自分の体なのに、自分の体じゃないみたいだ。そういう意味で答えたのだが、言葉が足りなかったらしい。久世が首を傾げ、片方の手を真那也の割れ目に忍ばせる。

「う、あ」

くちゅっ……と小さな音を立て、後孔が久世の中指を呑み込む。向き合った体勢で穿たれたはずかしさに、ぶわっと頬の産毛が逆立った。

「やっやっ、やっ」

「どうして。キスするみたいに俺の指に吸いついてきてんだけど」

そんなふうに言われると、ますますはずかしくなる。嫌々するようにかぶりを振り、歪めた顔を久世の首筋に擦りつける。その間も久世の指が真那也の内側でうごめき、肉の環の蕩け具合を確かめる。

「まだ狭いかな。もう少しやわらかくしようか」

言いながら、久世が新しい一本を後孔に差し込んだ。

「う、うそ……、ちょおっ」

中指と人差し指ではなく、中指と中指だ。尻の膨らみの右と左から埋められたものが、ぐぐっと真那也の後孔を押し開く。

「ふあ……ぁあ、あ……」

喘いで弓なりになった拍子に、久世の胸に昂ぶりをぶつけてしまった。

濡れそぼつ真那也の先端が、久世の胸板でぐにゃりとつぶれる。慌てて腰を引いたタイミングで、いっそう深く二本の指を穿たれた。

「っあ、はぁ……っ」

うごめく二本の指が与える刺激が強すぎて、本当に体ごと溶かされてしまいそうだ。ともすれば喘ぎの迸る喉をひくつかせ、少しでも刺激をかわしたくて、右に左にと腰を揺らめかす。

そのさなか、どこだか分からない、こりっとしたところに久世の指が触れた。途端にびくっと大きく体が跳ねあがり、「ひゃ、あんっ」と甲高い声が出る。

「ちょ、待っ……、あっ、あぁあっ」

どうしよう、すごくいい——。

戸惑う自分と、もっと欲しいとせがむ自分がせめぎ合う。

「ここがいいのか?」

「ちが、ちがっ……だめぇっ」

口では否定しつつも、軍配をあげたのは欲しがる自分のほうだった。

久世の指から逃れるはずの腰振りが、いつしか絶妙な角度で快楽を貪る行為になっていく。

理性を手放すと前にも刺激が欲しくなり、ぎこちなく腰をまわしながら、勃起しきったものを久世の胸に擦りつける。

「……っ、ん……は」

まるで久世の体を使って自慰をしているようだ。

真那也がどうにも我慢できずに腰をうごめかしてしまうから、久世は指を動かすのをやめてしまった。もっと味わいたいのに、自分の下手な腰振りでは物足りない。それでも射精の欲がこみ上げてきて、「あ、あ……」と啼きながら、久世の胸に精液を飛ばす。

はずかしさと気持ちよさがぐちゃぐちゃにまじり合い、嗚咽が洩れた。

「も、もう、俺……久世さんの顔、見れない……。はずかしい……」

「どうして。めちゃくちゃ色っぽかったけどな」

「……ぜったい信じない……」

真っ赤な顔で羞恥に耐えていると、久世が真那也のなかから指を抜き、押し倒してきた。

真那也の膝裏を押しあげ、喪失感にひくつく蕾を見おろしている。長い指を二本も咥えて遊んでしまったから、きっといやらしく色づいているだろう。久世の視界を想像し、たまらず顔の上で両腕を交差させる。

「かわいいよな、俺の指で気持ちよくなって。もっと乱れさせたくなる――」

笑った久世が背中を丸める。ぺろっと窄まりを舐められた。

「ぁ……っ」

襞を這い始めた舌を感じ、咄嗟にシーツを引っ摑む。

ついさっきまで久世の指を呑み込んでいたのだ。触れる舌の熱さと湿った吐息に、再び快感を引きずりだされ、性懲りもなく果芯が鎌首をもたげる。

いくらなんでも感じすぎだ。本当にどうしたのだろう。欲しい気持ちばかりがせり上がってくる。真那也が戸惑っている間も久世の愛撫は止まず、襞のひとつひとつを舐め溶かす舌にほだされ、体の芯が弾けそうなほど熱くなっていく。

「奥のほうも舐めてほしい?」

「なっ、んで訊くの……っ」

「ねだられたいんだよ。知ってるだろ?」

「……っ、もぉ……」

半ば無理やりに抱かれたときも甘く追いつめられてしまったが、恋人になって初めての今日は真那也のほうも欲しいから、淫らになるのを抑えられない。ねだって与えてもらえるのならと震える息を吐き、自分の手で膝裏を抱きかかえる。

「ぜ、全部、ちゃんとキスして。奥の、奥まで……」

——ああ、言っちゃった。

うぅと顔を歪めるのと、久世が真那也の尻肉を押しあげるのはほぼ同時だった。

「やばい。真那にねだられると、めちゃくちゃ滾る——」

「ぁあ……っ」

久世がさきほどと同じように中指と中指を使い、窄まりを左右に開いた。わずかに覗いた肉の道に舌先を突き入れられる。熱く濡れた舌の感触が生々しくて、ざっと肌が粟立った。

「そんな……だ、だめ……っあ、は……」

「キスしてって言ったのは真那のほうだろう?」

「ちょ、言わないでってば……ぁ」

「真那が満足するまで口づけてやる。恋人の特権だな」

「ひ、やぁあ……!」

久世がずぶずぶと舌先で媚肉(びにく)を突いてくる。こんなところに本当にキスしてくるなんてと思えば思うほど感じてしまい、大粒の汗が噴きでた。果芯はびくびくと跳ね躍りながら悦(よろこ)び、真那也の乳首のほうにまで先走りの雫(しずく)を飛ばす。

「ちょおっ、も、無理……! してよ、ねえ……っ」

「足りない？」

「ち、ちがっ……。挿(い)れてってこと、久世さんの……！」

久世の献愛(けんあい)に体中を溶かされ、ねだる言葉が自然と迸る。

「――よかった。根競(こんくら)べになるかと思ってた」

久世も同じ気持ちだったらしい。笑みを浮かべて体を起こすのを、潤んだ眸で見つめる。はずかしいから脚を閉じようとか、そっぽを向こうとか、そんなくだらないことは微塵(みじん)も思わなかった。期待に喘ぐ隘路(あいろ)がうねって苦しい。指も舌もない、大事なところに久世がいないのが切なくて、ひとり湿った息を吐く。

「挿れるぞ」

「う……ぁ」

腰を引き寄せられたあと、張りだした亀頭が窄まりに触れた。久世は真那也の呼吸のあわいを狙い、腰を打ちつけてくる。

逞(たくま)しい雄に触れ、濡れそぼつ内襞が嬌声(きょうせい)を上げて久世に絡みつく。まるで体の内側から灼かれるようだ。肉襞を割って侵入を続ける熱塊(ねっかい)と、ぐしゅんと聞こえる粘(ねば)った水音。どちらにも欲しい気持ちを刺激され、必死になって久世をかき抱く。

「あぁ、あ……ん」

灼熱(しゃくねつ)が根元まで埋まった。

圧迫感が大きくて、息をするのが難しい。けれど充足感も同じくらいに大きくて、身じろぎひとつで達してしまいそうになる。喉がひくつき、こめかみに汗の粒が浮く。

「こら、締めすぎだ」

「え？　……っはぁ……」

締めすぎだと言われても、何をどうすれば緩むのか分からない。とはいえ、久世も真那也にどうにかしてほしいとは思っていないのだろう。荒々しく唇を吸ってきたかと思うと、きゅうきゅうと悶える媚肉を貪るように腰を動かしてきた。

「ひゃ、あぁっ……！」

「こんなに締められると、やさしくは抱けない。しっかり俺についてこいよ」

「うあんっ、ま、待っ——」

太腿を押しあげられ、際まで引き抜かれては貫かれる衝撃に、目の奥で火花が散る。

常にクールな久世がこれほど激しく求めてくるとは思ってもいなかった。揺さぶられるたび、密着した体と体の間で凝ったペニスが押しつぶされる。挿れられただけでも達しそうだったのに、前からも後ろからも刺激を受けて耐えられるはずがない。かすれた声で啼き喘ぎ、たまらず精液を噴きこぼす。

だが久世の律動は止まない。余韻を味わう暇もなく快楽と快楽を繋げられてしまい、たったいま放ったばかりの果芯が躍る。先走りなのか、それとも続けて達してしまったのか、下腹が熱く濡れていく。

「お、お願い、待っ……俺、変になる……！」

「待てないって最初に言っただろ。今日の真那はかわいすぎるから無理だ」

切羽つまった表情で言われ、胸が軋んだ。

久世がどれほど一途に真那也を想ってきたか、いまさら言葉にされなくても知っている。笑っている真那也を眺めるだけで満たされていた人が、いまは荒々しくこの体を求めているのだ。久世の愛情の変容が愛おしくて、体中で久世をかき抱きたくなった。

湧きあがった想いのまま、久世の腰に両足を絡める。久世がくっと眉間を歪ませた。

「……ったく。どうして今日はこんなにも俺を煽るんだ。大事にしたいのに、歯止めが効かなくなるだろ」

煽ったつもりはないのだが、久世にとってはたまらないものだったらしい。肉の環に埋まっているものがいっそう張りつめ、猛った男の形をあきらかにする。そんなもので最奥を突かれ、強烈な快感に襲われた。

「は、うぅ……う」

互いをかき抱く腕も、ぬめった汗も心地好い。脳天からつま先までが甘く痺れ、まぶたの裏が白くなる。もしかしてまた達してしまったのかもしれない。快感の波が大きすぎてよく分からない。股座がしとどに濡れる感覚に、束の間意識が遠くなる。

「真那――」

久世がかすれた声で名前を呼び、強く抱きしめてきた。

切れ切れに喘ぐ真那也の唇に吸いつきながら、ひくつく内襞の奥に勢いよく情液をぶつけてくる。あまりの激しさに、「ひゃっ」と声が出た。おそらく相当の量を放たれたと思う。繋がっているところから、ぐしゅんと卑猥な音がする。

「――悪い。本当に待てなかったんだ」

いまさらながら久世がしおらしいことを言い、こつんと額を合わせてくる。

「し、死ぬかと思ったじゃん」

「気持ちよすぎて？」

きっと久世は冗談のつもりで言ったのだろう。けれど当たりだったので何も返せない。赤い顔でむくれる真那也を、おどろいた表情で覗き込んでくる。

「参ったな。反則だろ」

「……何が？」

「いつもの五倍かわいい。ベッドルームに閉じ込めておきたいくらいだ」

もしかしたらこれも冗談のつもりだったのかもしれない。

ブーケットまで来たのに？　と返そうと思ったが、やめた。かわりに久世の頬をやんわりと両手で挟み、「別にいいけど？」と言ってみる。

「俺は久世さんといっしょにいられるなら、場所なんてどこでもいいんだよ」

「――――」

案の定、久世が目を瞠(みは)り、固まる。

我ながらいい返しをしたと悦(えつ)に入(い)っていると、体の内側で張りつめていくものに気がついた。

そういえば、久世はまだ真那也の体内からペニスを抜いていない。退院したばかりだというのに、さらに挑んでくるつもりなのだろうか。さすがに青ざめ、「だめだめだめ」と久世の胸を押し返す。

「傷口が開いたら大変だから、今日はもうおしまい。また今度にしようよ」

「何言ってんだ。好きで好きでたまらない人を恋人にできたのに、一回で終われるわけがないだろ」

「え、ええーっ」

いやいやだめだってと言いかけたのを、唇ごと久世に奪われた。じょじょに甘くなる口づけに、真那也の果芯も反応してしまう。

「次はやさしくするから。な?」

「傷口が痛くなっても知らないよ?」

「気をつける」

「……もう」

呆れたふりでため息をこぼし、あらためて久世の背中に腕をまわす。

愛しい人とベッドで抱き合いながら過ごす――そんな休暇もいいかもしれない。鎖骨に下りていく久世の唇を感じながら、真那也は微笑んで目を閉じた。

＊＊＊＊

プーケットでの夢のような日々はあっという間だった。

ブルーグリーンの海や眩しい陽射し、久世と交わしたたくさんの口づけや言葉の数々。日本に帰って一ヵ月近く経とうとしているのに、思い出は一向に色褪せる気配がない。もちろん久世との同居は継続中で、真那也の帰る場所はタワーマンションの最上階の部屋だ。

「ただいまー」

夕食用の食材を山ほどぶら下げて帰宅すると、久世はまだ帰っていなかった。

よし！　とひとりうなずいて、さっそくエプロンを腰に巻き、夕食の準備にとりかかる。

二人分の生活費は久世が担っているので、いつかの宣言どおり、家事全般は真那也が担っている。とはいえ、久世のほうはあまり明確な線引きをする気がないようで、時間があるときは適当に洗濯機をまわしてくれるし、真那也がくたくたに疲れているときは、「じゃあ今日は外でメシにしようか」と外食に連れだしてくれる。

だからこそ、早番の日は気合いが入る。

大好きな人といっしょに暮らしているのだから、食事くらいはちゃんと作りたい。

今夜はラタトゥイユなるものを作る予定だ。茄子やズッキーニ、その他好みの野菜をオリーブオイルで炒め、トマトを加えて煮込んだら完成するらしい。

「ぜったい失敗しませんようにっ」

神さまに祈ってから、ぐっと包丁の柄を握りしめる。

下手なりにも果敢に料理に挑んできたおかげで、包丁にはそこそこ慣れた。へえ、茄子のへたには棘があるんだなぁとか、ズッキーニの見た目ってきゅうりに似てるよなぁとか、ひとりで感心しながら野菜を切っていく。

久世が帰ってきたのは、真那也がちょうど野菜を煮込み始めたときだった。ガチャッと玄関の扉が開く音に、首を伸ばして廊下を覗く。

「あれー？　インターフォン鳴らしてくれたら、鍵開けたのに」

「いや、もしかして俺のほうが早いんじゃないかなと思ってさ」

久世がネクタイを緩めながら、キッチンにやってくる。

今日の久世はダークカラーのスーツに、細いストライプ柄のネクタイを合わせている。恋人になってからというもの、久世から殺伐とした雰囲気が消えたので、ダークカラーのスーツを着ていても、威圧感のようなものはまったくない。すこぶるイケメンの、落ち着いた大人の男性という印象だ。となりにやってきた久世を見上げ、「おかえりー」と笑う。

「ただいま」

　笑みをたたえた唇が近づいてきて、真那也のこめかみに軽く触れる。

「メシあるんだ、今日。楽しみだな。何作ってんの？」

「ラタなんとかってやつ。二十分くらい煮込んだら完成するみたい。もうちょっと待ってて」

　鍋の蓋を開けてみせると、キッチンにトマトの香りが広がった。この調子でいくと、おそらく成功だ。鍋を覗いた久世が、「おっ、うまそうだな」と笑う。

「とりあえず着替えてくる」

「りょーかい」

　寝室に向かう久世を見送った直後、インターフォンが鳴った。

　大事な夕食を焦げつかせるわけにはいかない。弱火になっているのをしっかり確かめてから、エントランスを映す液晶画面を覗く。どうも宅配便らしい。

「久世さーん、どうしよー。宅配便みたいー」と寝室に向かって声を張りあげる。

「上がってもらって。俺が出るから」

「オッケー」

　しばらくして、宅配便の業者が部屋の前までやってきた。玄関先での短いやりとりのあと、久世が大きな段ボールの箱を抱えてリビングにやってくる。

「重そうな荷物だね。誰からなの？」

「木原のじいさん。俺と真那宛」

「えっ、ほんと？」

木原には、久世との縁を繋いでもらっている。そのお礼や近況報告、いままでの不義理を詫びる手紙とともに、プーケットのお土産と手製のアルバムを送ったのは、一週間前のことだ。

アルバムは、プーケットで撮った写真をファイルしたもので、作成した真那也としてはかなり気に入っている。自分用にも同じものを作ったくらいだ。久世には「照れくさいからやめてくれ」と言われたが、「これ以上の近況報告があると思う？」と、強引に荷物に捻じ込んだ。

「もしかして、この間送った荷物のお返しなのかな？　木原さん、何送ってくれたんだろ」

わくわくしながら、段ボール箱を開ける久世の手許を覗き込む。蓋が開かれた瞬間、どこか懐かしい、土の香りがふわりと漂った。

「なるほど、どうりで重いはずだ」

「すごいね。こんなにたくさん」

きっと木原が作ったものなのだろう。段ボール箱にはキャベツやレタスなど、新鮮な野菜がどっさりとつめられていた。

「じいさんに電話してみる。うちは二人なんだからって言っておかないと」

「余計なことは言わないでよ？　東京の野菜、高いんだから。こんなにもらえたら、すっごく助かるよ」

丸々としたレタスを笑顔で手に取っていると、箱の内側に『新條(しんじょう)真那也様』と宛名書きされた封筒が貼りつけられていることに気がついた。

電話中の久世をちらりと見てから、封筒を開けてみる。手紙のようだ。

坊ちゃんが元気そうで安心しました。本当によかった。——と、角張(かくば)った字で真那也の無事を喜ぶ心が綴(つづ)られている。何度も出てくる『よかった』という言葉に、木原がどれほど心配していたのかが伝わり、目許(めもと)がじんわりと濡れてきた。

ティッシュで洟(はな)をかんでいると、電話中の久世が、代わろうか？　とジェスチャーをした。

こくこくとうなずき、電話を代わってもらう。

「木原さん、お野菜をたくさんありがとうございました。真那也です」

『坊ちゃん……！』

懐かしい声を聞き、胸がいっぱいになった。

手製のアルバムはなかなか好評だったようで、『坊ちゃんも隼人(はやと)もえらい楽しそうに笑ってる写真ばかりで、毎日眺めておりますよ』と木原が明るい声で言う。社交辞令だとしてもうれしい。真那也はあらためて長年の不義理を詫び、久世と再会できたからこそ、笑って過ごせるようになったのだと伝え、電話を終えた。

「次は木原さんに会いに帰省したいな」

「盆前辺りに行くか。その頃には土地の件もきれいに片づいてるだろうし」

「またその話？　土地のことはほんとにどうでもいいんだってば」

「そう言うなよ。あっちが片づかなきゃ、俺が落ち着かないだろ」

久世に顔をしかめられ、不承不承「はーい」と返す。

兄名義の土地はすでに真那也の名義になっていて、いまは友和リゾートが買い取りの手続きをしているところだ。億単位の査定になるんじゃないかと言われている。真剣に考えると卒倒しそうだし、地道に生きてきた自分が変わるのも嫌なので、いっさい考えないようにしている。

ちなみに兄のほうは、蔵元の娘との婚約が白紙になったようだ。新條酒造に勤める久世の後輩いわく、「社長は二十代とは思えないほど白髪が増えて、老人のようになった」とか。

久世経由でその話を聞いたとき、なんだかかわいそうだなと初めて憐憫の情が湧いたので、きっと兄のことも過去のことも、自分で自覚している以上に吹っ切れたのだろう。いまではちまちまと釘文字のはがきを書いていた頃の自分のほうが、暗すぎて怖いほどだ。

「あ、久世さん。ラタ……ラタトゥイユ、もうできたかも」

食欲をそそる香りにつられ、鍋の蓋を開けてみる。

木べらでかきまぜると、野菜がほどよくやわらかくなっているのが分かった。とはいえ、まだ味つけという大仕事が残っている。どきどきしながら塩とほんの少しの醤油を加え、スプーンで味を見る。

「久世さん、久世さん、めっちゃおいしい！」

思わず言うと、側に来た久世が「どれどれ」と同じスプーンで味見する。見惚れるような笑顔で「おおー、うまいな」と言われ、頬がくすぐったくなった。

「ね、食べよ食べよ。お腹減ったし」

久世といっしょに皿を出したりスプーンを出したりしているときだった。何か大変なことを忘れているような気がして、ぴたっと動きを止める。

「何、どうした」

「あ……」

思いだした途端、自分の顔がさあっと青ざめていくのが分かった。

「……お米炊くの忘れた……」

「米？　いいんじゃないの？　ラタトゥイユならパンだろ」

「……ないよ」

「え？」

「……パン買ってない……」

久世のほうもぴたりと動きを止める。

しばらく無言で見つめ合ったあと、真那也は「わあああーっ」と頭をかきむしった。

「久世さん、ごめん！　すぐにコンビニで買ってくるっ。バゲットでいい？　あるよね、コンビニ。ないかな？　なかったら食パンで許して！」

言いながら、わたわたと財布を引っ掴み、玄関を飛びだす。

せっかくラタトゥイユが上手に作れたのに、主食のことを忘れてしまうなんて大失敗だ。あああうっと心のなかで叫び、エレベーターに飛び乗る。

一階のボタンを押してから閉ボタンを連打していると、久世が駆けてくるのが見えた。慌てて今度は開ボタンを連打する。

「待てってば。何そんなに焦ってんだよ」

エレベーターに滑り込んだ久世が、肩で息をする。

「だ、だって――」

「三分後に餓死するわけじゃあるまいし、いっしょに行けばいいだろが、コンビニに」

そういう発想はまるでなかった。

相変わらず久世はやさしすぎるほどやさしい。渦を巻いていた焦りがすっと消えていき、かわりにうれしさがこみ上げてくる。

「ありがとう。じゃ、散歩がてらってことで」

「食前の運動ってやつだな」

夜は夜でも、東京の夜は明るい。

ぴったりと久世のとなりに並び、ときどきちょっかいを出し合ったりしながら、街路樹の並ぶ通りを歩く。いつの間にか季節は移ろっていて、Tシャツ一枚でも寒くない。そういえば、三月に雪が降った夜があったなと懐かしく思いながら、空を見上げる。乳白色の丸い月が浮かんでいた。

「いいよな、こういうの」

ふと久世が呟く。

「好きな人と同じ部屋で暮らして、並んで買い物に行けて。帰ったら恋人の手料理が待ってるし、眠るベッドも同じだし。もしかして俺は、死んでんじゃないのかなって思うときがあるんだ。病院で目が覚めたときからずっと、夢のなかにいるみたいでさ」

「何言ってんの、生きてるってば」

前半にはきゅんとしたものの、後半はいただけない。むっと顔をしかめて久世の尻の辺りを叩くと、久世が笑って飛びのいた。

「幸せなんだよ、とにかく。俺は十秒ごとに真那が側にいる幸せを噛みしめてる」

「俺もいっしょだよ。久世さんと恋人になれてすっごく幸せ。……ねえ、覚えてる？　君の頭のなかを俺でいっぱいにしてやるって、久世さん言ったよね？」

久世が少し思案してから、「ああ、あれか」と苦笑する。

——和史のことなんか忘れてしまえ。今夜から俺を憎めばいい。君の頭のなかを、俺でいっぱいにしてやる。

真那也を力ずくで押し倒したとき、久世は確かに言ったのだ。

「俺の頭のなかはとっくに久世さんでいっぱいだから、ちゃんと責任とってよね。俺よりも先に死んだら怒るし、俺を置いて遠くに行っても怒るし、ずっと恋人でいてくれなきゃ、やっぱり怒るから」

もっとこう、久世の心を揺さぶるような科白を言ってみたいが、性格的にも経験値的にも難しい。けれど少なからず伝わるものがあったようだ。久世はめずらしく照れたように微笑むと、真那也の肩口に額を預けてくる。

「とるよ、責任。めっちゃとる」

肩口にかかる重みと温もりが心地好い。ふふふと笑い、「日本語、変だよ」と一応突っ込んでおく。

世界中の誰にも繋がっていないと思っていた真那也の赤い糸を、懸命にたぐり寄せてくれたのは久世だ。これから先、クノップではないところで働くにしても、進学や資格取得を考えるにしても、久世の側にいたい。

「大好きだよ、久世さんのこと。俺、初めて好きになった人が久世さんで本当によかったって思ってる。久世さんといっしょにいると、ああ幸せだなって思う瞬間がいくつもあるんだ」

「そういうの、毎晩言われてみたいな」

「いいよ。じゃ、今夜から言うね」

「安請け合いだなぁ」

「ちがうよ、百回でも二百回でも久世さんのことが好きって言いたい気分なんだ。初めての恋だから、舞いあがってるのかも」

「おっ、いっしょだな。実は俺もかなり舞いあがってる」

笑い顔で白状した久世が、真那也の手を握る。

ふと触れた指輪の冷たい質感はすぐに消え、久世の手の温もりと同じになる。十八年の人生と、四年の家出人生が境目をなくし、久世の手のなかで溶けていくような気がした。

明日も明後日もその次も、きっと今夜と同じように幸せだろう。願望というより、ほとんど確信の域だ。そう信じられるほどの強さが、久世の手から伝わってくる。

コンビニを通りすぎていたことにずいぶん経ってから気がついて、また二人で笑う。

恋をもっと

仕事終わりに真那也と待ち合わせをし、二人で夕食をとるべく入った焼肉屋だった。真那也はスタッフに案内された座敷席に上がるなり、スマートフォンの画面を久世に向ける。

「見て見て、久世さん。この子たち、めっちゃかわいくない？」

腹が減っているときだったので、目の前に表示された画像が団子と焼売に見えた。煙草を咥えつつ目を眇め、身を寄せ合って眠る五匹の子犬だと気づく。生まれてそう月日が経っていないのか、とにかく小さくて丸っこい。柴犬系のミックスのようだ。

「へえ、かわいいな。どこの家の子だ」

「みゆき先輩んちの子。お母さんが河川敷に捨てられてるのを見つけて、保護したんだって」

真那也の言うみゆき先輩とは、クノップで働くフリーターの女の子のことだ。久世は真那也と再会する前からクノップの常連なので、彼女の名前と顔くらいは知っている。

「いまどき、捨て犬か。かわいそうに」

メニューブックを開きながら、灰皿を引き寄せる。が、真那也の話は終わらない。

「みゆき先輩んち、お父さんが犬嫌いで飼えないみたい。ねーねー、久世さんちのマンション、ペットオッケーだったよね？　うちで一匹、引き取らない？」

きらきらした笑顔を向けられ、「……は？」と眉根を寄せる。

「そんな話がしたかったのか？　無理だよ。犬を飼うような時間的余裕がどこにある」

「えー、一匹だけだよ？　このまま新しい飼い主さんが見つからなかったらかわいそうじゃん」

「何言ってんだ。俺も真那も働いてるし、休日だって別々じゃないか。そんな環境でわざわざ子犬を引き取っても、人間にも犬にも負担がかかる。犬は嫌いじゃないが、飼えないよ」

「そんなぁ……」と真那也は不服そうに唇を尖らせていたが、本人も厳しいことは薄々分かっていたのだろう。しばらくして「だよねぇ」と息を吐き、スマホをテーブルの端にやる。

「ま、写真だけで我慢するんだな。子犬なら、すぐに引き取り手が見つかるさ」

言いながら、メニューブックを真那也に差しだす。真那也はすぐにメニューを選ぶことに没頭し始めたので、久世はそれっきり、子犬のことは忘れていたのだが——。


それから一ヵ月ほど経ち、そろそろ梅雨が明けるだろうかという頃だった。

仕事を終えてマンションへ帰り着くと、地階のエントランスで真那也が待っていた。社を出るときに『これから帰るよ』とLINEを入れたものの、たいてい真那也はこの時間、夕食の支度をしているので、わざわざ出迎えのために部屋を出ることはない。

「どうした。何かあったのか?」

上層階用のエレベーターホールに向かいつつ尋ねるが、真那也はどことなく煮え切らない態度だ。「んー、ちょっとねぇ」などと言いながら、ポケットからスマホを取りだす。

「久世さん、覚えてる？　みゆき先輩のお母さんが保護した子犬たち」

そういえば、いつかの焼肉屋でそんな話を聞かされたことを思いだす。だが、真那也の見せてきたスマホには一匹しか写っていない。薄茶色の被毛の、くりっとした目の子だ。

「他の四匹は引き取り手が見つかったんだけど、この子だけ見つからなくて、まだみゆき先輩の家にいるんだよね」

ちらっ、と真那也が久世を見る。

反応を窺うような、その目づかいが気になった。普段の真那也は、もっとストレートに言いたいことを言うタイプなのだが。もしかして、最後の一匹を引き取りたいとでも言うのだろうか。じゃっかん警戒しつつ、エレベーターに乗り込みながら「――で？」と先を促す。

「それがね、みゆき先輩んち、五日間留守にするんだよ。お兄さんがハワイで結婚式を挙げるんだって。その間、この子の面倒を見てもらえないかって頼まれてさ。近所の人や知り合いの人には断られちゃったみたい」

警戒していた分、拍子抜けした。なんだそんなことか、と胸のなかで呟く。

「ペットホテルに預ければいいじゃないか。犬ならふつうに面倒を見てくれるだろ。マイナーなペットじゃないんだから」

誰でも思いつくだろうことを口にすると、真那也が「ええっ」と大きな声を上げる。

「こんなちっちゃな子をホテルに預けるの⁉　それはいくらなんでもかわいそうでしょ。まだ生後二ヵ月か三ヵ月くらいだって言ってたよ？　生まれたときにお母さんから引き離されて、河川敷に捨てられて、新しい飼い主さんだって見つかっていないのに」

「境遇がどう関係あるんだ。うちで面倒を見るより、プロに預けたほうが安心だろう。そうみゆきさんに言ってあげればいい」

最上階に着いた。さっさと部屋に向かって歩き始める久世とは裏腹に、真那也は二歩も三歩も後ろのほうで、「ええー」だの「でもさぁー」だのと言っている。

「俺はやっぱり、人の温もりを教えてあげることって大事だと思うんだよね。だってこの子、いつかは誰かにもらわれていくんだし、いまから人間に親しんでほしいっていうか」

「別に真那がその役割を担う必要はないじゃないか。その子犬、普段はみゆきさんの家で大切に保護されているんだろ？　たった五日間留守にするだけで——」

振り向き、言っているさなか、きらっと真那也の目が輝く。

ぐずぐずした態度から一転、鮮やかに表情を変えられ、戸惑った。真那也は弾むように駆けてきたかと思うと、がしっと久世の腕を取る。

「久世さん、いま言ったよね？　たった五日間、って」

「ああ？」

「それって、久世さんの感覚で五日間は短いってことだよね？　たった、って頭につくってことはそうでしょ？　実は俺も短いなぁって思ってたんだ。だって、たったの五日間だもん」

期待に満ちあふれた表情で、舵を取られてしまった。それもかなり強引に。

なるほどなと思い、吐息で笑う。ようするに、真那也自身が子犬の世話をしたくてたまらないのだろう。これはバイト先の先輩に無理なお願いごとをされて途方に暮れている、という類いの話ではないのだ。だが、真那也がどれほど子犬を預かりたくても、久世名義のマンションに身を寄せている以上、久世にうんと言わせなければ、子犬を預かることはできない。だからこそ、なんとかして承諾を得るための突破口を見つけだそうと、真那也は注意深く久世の反応を窺っていたのかもしれない。

「お願い！　久世さんには迷惑かけないから、五日間だけ、俺に子犬の面倒を見させて。もちろん、家のこともちゃんとする。ごはんだって作るし、掃除もするよ。約束するから！」束の間の家族が増えるのだ。そう簡単にいつもの日常を守れるとは思わなかったが、「お願いお願い！」と真那也にたたみかけられると、断固拒否するのは難しい。ああもう、と口のなかで唱え、真那也のこめかみに自分の額をぶつける。ごちんと音がした。

「五日間だけだぞ？　飼うのはぜったいだめだからな」

「ありがとう、久世さん！」

ぱっと笑みを広げた真那也が、両腕を使ってぎゅっと久世にしがみつく。

すっかりいつもの笑顔を取り戻した真那也を見て、ま、いっか、と思うのは、惚れた弱みだろうか。笑っている真那也には、どうやってもかなわない。自然と苦笑が洩れた。

子犬がやってきたのは、明くる週の木曜日だった。折りたたみ式のケージやペット用のシーツなど、お世話グッズも一式、先輩宅で使用しているものを借りたらしい。久世が仕事を終えてマンションへ帰ると、リビングは見事に子犬仕様になっていた。

真那也はさっそく子犬を抱いたスタイルで、「おかえりー」と久世を迎える。

さすが一歳にもなっていないだけあって、真那也の腕にすっぽりと収まるサイズだ。子犬は久世を視界の真ん中に捉えると、鼻をひくつかせ、澄んだ黒い目で見上げてくる。人間は怖いものではないと、すでに認識しているのだろう。小さな尻尾がぱたぱたと揺れていた。

「へえ、写真よりもかわいい子じゃないか。名前はついてるのか？」

「んー、仮の名前だけど、先輩とお母さんはタロちゃんって呼んでるみたい。男の子なんだ」

「タロか。呼びやすくていい名前だな」

夕食は、チーズ入りのハンバーグというなかなかの大作だった。アボカドとゆで卵のサラダや、夏野菜をふんだんに使ったスープ、茄子とズッキーニのケチャップ炒めもある。あまり料理の得意でない真那也が、培った知識を総動員して作ったような献立だ。

「どう？　おいしい？　家のこともちゃんとするって久世さんに約束したから、張り切ったんだ。明日の朝はこのハンバーグでバーガーを作るね。あ、それとも和食のほうがいい？」

「いや、バーガーでいい。うまいよ、ハンバーグ。すごいのを作れるようになったんだな」

そんな会話を交わしながら夕食を楽しんでいると、ケージに入れられているタロが切なそうに鼻を鳴らし始めた。ケージにしがみつき、しきりにダイニングテーブルのほうを気にしている。

「タロも腹が減ってるんじゃないのか？」

「ううん、遊びたいんだと思う。久世さんが帰ってくる前にドッグフードを食べさせたから」

真那也は椅子から腰を浮かすと、「ちょっとだけお利口さんにしてて。あとでいっぱい遊んであげるから」とタロに声をかける。

なんだか手間がかかりそうだなというのが第一印象だった。その上、恋人と二人暮らしのはずが、急に母親役の三人目が登場したようで落ち着かない。日中はどうするつもりなんだと尋ねると、八木に頼んで昼休憩を二時間にしてもらったようだ。「その分、お給料は減っちゃうけど、いったんマンションへ戻ろうと思って。二時間あったらこっちでお昼ごはんが食べれるし、タロのお世話もできるしね」と真那也は事もなげに言い、ぱくっとサラダを頬張る。

「お待たせー。タロちゃんの時間だよー」

あとでいっぱい遊んであげるからと言っていたとおり、真那也は夕食の片づけを終えると、さっそくリビングでタロと遊び始めた。タロは幼いせいか、とにかく無邪気で人懐っこい。子犬用のボールを転がしてやると、喜色満面で追いかけ、ひしとしがみつく。

「ああもう、めちゃんこかわいい……！」

いったい何度、その科白（セリフ）を聞いたことか。かわいいことは認めるが、真那也ほど、どハマリできないのが正直なところだ。いつもなら二人並んでソファーに腰をかけ、今日一日の出来事を語り合う時間まで、タロ色に染められてしまったのはいただけない。

とはいえ、真那也自身が子犬の世話をしたくて引き受けたことなのだから、楽しんで世話をしてもらうほうがいいのはいいのだが。

「じゃあね、タロちゃん。ゆっくりねんねするんだよ。また明日」

真那也がタロをケージに戻したので、やっと寝室へ向かうことができた。

ここからは二人の時間だ。「明日は早起きして散歩に連れていってみようかと思って」と、まだタロの話をしたがる真那也をベッドに引きずり込み、唇を重ねる。

子犬だろうが何だろうが、真那也のかわいさには負ける。二人で過ごせる夜があるからこそ、仕事に精を出しているようなものだ。何度真那也を抱いても飽きないし、飽きる日が訪れるとも思えない。ボディーソープの香りのする首筋を舌で辿（たど）りながら、パジャマがわりのTシャツの内側へ手を滑（すべ）らせる。

「ぁ、……っ、ん」

やわらかな花芽（はなめ）がこりっとした肉粒（にくつぶ）へ変わっていく感触を愉（たの）しんでいると、リビングのほうから、タロが「くぅん……くぅん」と鳴く声が聞こえてきた。

真那也がはっとして、扉へ視線を向ける。

「おかしいな。ひとりで寝られる子だって聞いてたんだけど」

「環境が変わったから落ち着かないんだろ。すぐに眠るさ。あれだけ遊んでやったんだから」

そうでないと、散々タロと遊んだ夕食以降の時間がすべて無駄になる。子どもはさっさと寝ろ、とリビングに念を送りつつ、真那也のTシャツを脱がす。だがタロの鳴き声は大きくなる一方で、しまいには「ワンッ！」と吠えだした。

「久世さん、ごめん！　ちょっと様子を見てくるっ」

真那也ががばっと起きあがる。「おい、あまり甘やかさないほうが――」と言いかけたときにはすでに真那也はTシャツを摑んで駆けだしており、バタンッと扉の閉まる音が虚しく響く。

さすがに「まじかよ……」と声に出た。

困ったことに、真那也は五分経っても十分経っても戻ってこなかった。仕方なく、久世も寝室を出る。真那也は照明を落としたリビングでタロを抱き、ソファーに腰をかけていた。久世の足音に気がつくと、ひそめた声で「ごめんね」と言う。

「ケージに戻すと、すぐに鳴くんだ。今夜はもう、こうしていようかなと思って」

大人の営みを邪魔した張本人は、贅沢なことに真那也の腕のなかでうつらうつらとしていた。

久世がとなりに腰をかけたことでまぶたを持ちあげたものの、真那也がその鼻筋を撫でると、再びとろんとまぶたを下ろす。ふっと表情をやわらげた真那也が、「かわいい……」と呟くのが聞こえた。

「昔ね、母さんと二人で住んでたアパートの、大家さんが犬を飼ってたんだよ。人懐っこい犬で、すごくかわいかった。だから犬はもともと好きだったんだ」

好きなんだよ、ではなく、好きだった。その言いまわしが引っかかり、タロを撫でている真那也を見る。

「だけど家出してから、動物に対してかわいいって感じる気持ち、なくしちゃったんだよね。散歩中の犬を見かけても、あいつは俺よりいいもの食っててんだろなとか、そういう冷めた目でしか見られなくなって。でも、みゆき先輩から子犬の写真を見せられたとき、めちゃくちゃかわいい！　って心から思えたんだ」

真那也はちらりと久世に顔を向けると、はにかむように笑ってみせる。

「分かる？　久世さんといっしょに暮らすようになって、俺の心はいつの間にか昔に戻ってたってこと。ひとりで生きてたら、こういう気持ちはなくしたままだったと思う。生きるためにぜったいに必要なものでもないし。だからってわけじゃないけど、タロにも幸せになってもらいたくて。自分を大切に思ってくれる人と生きていくことって、本当に素敵なことだから」

そろりと時計を仰ぎ見た真那也が、わあ、の形に口を開く。

「ごめんね、夜遅くまで付き合わせちゃって。久世さんはベッドで休んで」

「あのなぁ――」

こんな話を聞かされて、ひとりで寝室へ戻ろうと思えるはずがない。

「タロもいっしょにベッドで寝させてやろう。ソファーじゃ、君がしんどいだろ」

「え？　だめだよ、粗相をするかもしれないし」

「だったら、シーツの下にペットシーツを敷けばいい。ペットシーツはどこにある」

まさか平日の夜中に子犬のためにベッドメイキングをするはめになろうとは。「ごめん、ほんとにごめん」と真那也はしきりに謝っていたが、経緯はどうであれ、子犬を預かることを了承したのは久世だ。そもそも、恋人と暮らしているというのに、なぜリビングと寝室にわかれて眠らなければいけないのか。真那也と別々に眠るくらいなら、コブ付きで上等だ。

「ありがとう、久世さん。なんか俺、結局迷惑かけちゃったね……」

「君ひとりで子犬の面倒を見られるなんて、最初から思ってないさ。うちは二人暮らしなんだから、二人でタロの面倒を見てやればいい」

その夜は、二人と一匹で川の字になってキングサイズのベッドに転がった。

まったく、甘え上手な子犬がうらやましい。ベッドの真ん中を陣取ったタロは、ブランケットに包まれ、すやすやと寝息を立てている。

「ほんと、赤ちゃんみたい」

くすっと笑った真那也もまた、ゆるりと目を閉じる。ほどなくして寝息が聞こえてきた。

そっと手を伸ばし、真那也の髪をやさしく撫でる。自分を大切に思ってくれる人と生きていくことって、本当に素敵なことだから。あの言葉の意味を身をもって伝えるように、幸せに満

ちた寝顔だった。

タロに日常を乱され、禁欲を強いられる日々は四日続き、そして五日目――。

『久世さん、お疲れー。さっきみゆき先輩がタロを迎えにきたよ』

待ちに待った真那也からのＬＩＮＥは、社の所用で移動している最中に届いた。スマホを確かめた瞬間、柄にもなく「よし！」とガッツポーズをしてしまい、となりでハンドルを握っている部下に「どうかされましたか？」と戸惑い気味に訊かれたくらいだ。

「なんでもない。今日は早めに帰宅したいんだ。そのつもりで仕事を片づけるぞ」

「承知しました」

宣言どおり、五時過ぎには仕事を終え、急いで帰路につく。

真那也が休日なのは知っている。もしやと思ったとおり、地階のエントランスでその姿を見つけることができた。真那也は久世に気づくと、にこっと笑い、「おかえりー」と手を振りながら駆けてくる。

「久世さん、すごい奇跡が起こったよ。なんとタロちゃん、みゆき先輩んちで飼われることになったんだ」

さすがにおどろき、「ええ？」と目を瞠る。

犬嫌いだったはずの父親が、ハワイ滞在中に百八十度態度を変えたらしい。口を開けば「早く飼い主を見つけろ」「うちには置けないぞ」と言っていたのが、「タロはどうしている」「信頼できる人間に預けたんだろうな」としきりに気にするようになったのだとか。

よくよく聞くと、父親は犬が嫌いというよりも、命あるものにはいつか必ず訪れるお別れの日が切なくて、動物全般は飼いたくない、という気持ちだったようだ。だが、ハワイで過ごしているうちに、自分の心にすでにタロがいることに気づいたのだろう。タロのお迎えには父親もやってきて、「うちのタロがお世話になりました」と、真那也に丁寧に頭を下げたらしい。

「もう、ほんとびっくり。だけどいちばんいい結末だよね。タロもみゆき先輩に抱っこされて、ぶんぶん尻尾振ってんだよ？　うちで過ごした五日間なんてすぐに忘れるんじゃないかな」

「そのほうが幸せだろ。今日からみゆきさんちの子どもなんだから」

「あ……それもそうか。タロにはどんどん楽しい思い出が増えてくわけだし」

最上階に着くと、真那也が「あーあ」とため息をつきながらエレベーターを降りる。

「ほんとは俺がタロの新しい飼い主になりたかったんだけどなぁ。でも仕方ないよね。久世さんに言われたとおり、うちじゃ、ちょっと難しい気がしたし。だけどいつか、子犬のパパになれたらいいな」

「諦めろ。生涯無理だ」

にべもなく言い放ち、がしっと真那也の腰を抱く。

「えっ、なんで！　俺のお世話の仕方、そんなにだめだった？」

「世話の仕方がどうとかって話じゃないよ」

真那也の腰を抱いたまま、部屋の鍵を開ける。靴を脱いだ真那也は「なんでなんで！」とぶりぶり言いつつリビングのほうへ向かいかけたが、そちらへは行かせない。半ば強引に寝室に連れ込み、初めて真那也の疑問に答える。

「俺がずっと、真那をひとり占めしたいんだ」

「……え？」

「五日間、タロと過ごしてよく分かった。俺は自分で自覚している以上に、君に惚れてる。子犬も子猫もお断りだ。君がいる以上、俺の心に動物を飼いたい気持ちは生まれないよ」

真那也はおどろいた様子で目を瞠っていたものの、「ま、メダカくらいならアリだ」と言葉を添えると、ようやく表情をやわらげた。照れくさそうに唇をもぞつかせ、遠慮がちに久世の背中に腕をまわしてくる。

「そっか。だったら……うん、諦める。いつまでも久世さんとはラブラブでいたいし。五日間タロのお世話をすること、オッケーしてくれてありがとね。すごくいい思い出になった」

真那也に『ありがとう』を言われると、タロに散々振りまわされた日々も、まあ悪くなかったなと思えるようになるのだから不思議だ。「どういたしまして」と応えつつ、目の前の細い顎を持ちあげ、口づける。

真那也の唾液を存分に味わうのは久しぶりだ。うなじを引き寄せ、押しつける角度を変えながら舌を絡ませる。吸いつくと、じゅんと沁みだす唾液の甘さがたまらず、それだけで息が上がりそうになった。もとより、キスだけで終わらせるつもりはない。素早くベッドまでの距離を目で測り、真那也の腰を抱えてダイブする。

「え、あっ、ちょっ……ええ?」

目をまん丸にするということは、ベッドに押し倒されることまでは想定していなかったのだろう。体を起こしかけた真那也を押さえ込み、Tシャツを脱がす。

「待って待って! 晩ごはんは? もう支度、できてるんだけど」

「あとでいい。俺は別の意味で飢えてる」

真顔で白状した途端、真那也がカッと頬を染める。分かりやすい反応だ。

「え、ええっと、でも俺、すんごい汗かいてんだよね。今日はほら、暑かったから」

「六つも年上を捕まえて、そんな逃げ口上が通じると思っているのか? 君はもう少し、男心を勉強したほうがいい」

まったく、どんな気持ちでこの五日間、過ごしていたと思っているのか。喧嘩をしたわけでもないのに、同居中の恋人に触れられないほどの苦行はない。あらわになった淡い色の乳暈に甘く歯を立てながら、真那也のジーンズの前を開く。「わっ」と声を上げられたものの、本気で抗うつもりはないようだ。だったらいまのうちにと、ジーンズと下着をひとまとめにして脱がす。これには「もうっ……！」と体を丸められてしまったが。

「く、久世さんって、ときどき野獣っぽくなるよね。いつもはクールなのに」

「男だからな。で、どっちが好みなんだ？」

「ど、どっちって――」

目をしばたたかせた真那也が「どっちも大好き……」とさらに頬を赤くする。

いい返事に気分がよくなった。口許が緩むのを感じながら真那也に覆い被さり、裸身の稜線を唇で辿る。真那也がどうにも頑ななのは、洗っていない体を知られるのがはずかしいからだろう。時折「ひゃっ」と身を竦ませ、けれど、次第に強張りを解き、湿った息を吐き始める。

自分はジャケットすら脱いでいないのに、恋人を一糸まとわぬ姿にさせていることに興奮した。ごく、と生唾を飲み、急いた手で真那也の膝を割る。

「ん、あ……っ！」

いまだはじらいを捨てきれない主とは裏腹に、真那也の下肢の狭間は萌した欲をしっかりと主張していた。軽く扱いてやるだけで先端を色づかせ、ああ早く食べてとばかりにびくびくと打ち震える。そんな姿を目の当たりにして抑えが利くはずもなく――そもそも、抑えるつもりなどないのだが――、乱暴にジャケットを脱ぎ捨て、さらに真那也の膝裏を押しあげる。

「も、もっ……ほ、ほんとに俺、すごい汗かいてて……っ」

「残念だったな。俺は真那の汗の匂いも好きなんだ。仕返しならあとでいくらでも受けてやるから、大人しくしてろ」

勝手なことを言い、桃色に染まった裏筋を舐めあげる。「はあ、んっ」と真那也があられもない声を上げ、後ろ手にシーツを握る。こんなシチュエーションでも感じるのかと思うと、ますます昂ぶった。真那也の膝裏を押さえ込み、さらした後孔を舌でこじ開ける。

「だ、だめだってばっ、ちょおっ……！」

声だけ聞けば嫌がっているようだが、秘肉を舌で嬲られるのも、指でほぐされるのも好きなことは知っている。喘ぐ隘路の締めつけを舌で存分に味わってから、馴らすための指を差し入れる。宙をかく真那也のつま先が、びくっ、とわなないた。

「ぁは……っあ、あ……やぁ」

戸惑いがちに絡む秘肉の愛おしさ。異物を吐きだそうと躍起になっているのは最初のうちだけで、久世が指をうごめかすたびに蕩けていき、もっとしてとねだるように蠕動し始める。

早くここに埋めたい——膨れあがった欲望のせいで、頭の芯が焼き切れそうだ。劣情で息が上がるのを感じながら、スラックスの前を寛げる。

取りだした男の証はすっかり上向いていて、いまにも暴発しそうな状態だ。さすがに暴発だけは回避したく、薔薇色の肉襞を覗かせている真那也の後孔に突き入れる。身を捩らせた真那也が、「ぁあ……っ」と甲高い声を響かせた。

引き抜き、また穿つ、そのたびに先走りが泡立ち、色づいた後孔をますます淫靡に飾る。五日ぶりのセックスに、放ちたい欲と愉しみたい欲とがせめぎ合う。もっと欲しい、もっと自分のものにしたい。抱いている最中でさえ湧きあがるこの想いに、終わりはあるのだろうか。腕を投げだして喘ぐ真那也にのしかかり、唇を奪う。

「うん、っ……はあっ、あぁ――」

先に絶頂を迎えたのは真那也だった。久世の腕のなかでぶるっと震え、重なった体のあわいで漲ったものを解放させる。射精直後の媚肉のうねりは凄まじい。搾りとる動きに脳天が痺れ、一瞬意識が白く染まった。たまらず呻き、隘路を潤す精を放つ。

なんとか互いに呼吸を整えたあと、真那也が最初に発した言葉は「もうっ」だった。くるりと体の向きを変えたかと思うと、久世に覆い被さってきて、

「シャワーくらい浴びさせてよ。めっちゃはずかしいじゃん、こういうの！」

と、真っ赤な顔で胸に拳をぶつけてくる。

怒っているのかもしれないが、かわいいなという感想しか出てこない。「ま、たまにはいいだろ」と笑い、真那也のうなじを引き寄せる。口づけるつもりが、がぶっと下唇に噛みつかれた。かわいらしい仕返しだ。「怒るなよ」とその髪をかきまぜ、やさしく噛み返す。

なぜか、タロのつぶらな眸がよみがえった。けっして犬が嫌いなわけではないのだ。けれど、真那也に宣言したとおり、犬やら猫やらを飼いたいと思う日は来ないだろう。この恋人よりも愛おしい存在は、この世にいないのだから。

あとがき

AFTERWORD……………………

—彩東あやね—


久世という男が書きたくて、彼を救いたくて、書いたお話です。その一言に尽きます。

もともと、新人賞へ投稿するつもりで書き始めたのですが、流行りの内容ではないし、結構な長篇になる予感がしたので、投稿することはやめて、ライフワークの一環としてこつこつと書いていました。いまから六、七年前の話です。

当時は書きあげることができたらそれでいいやと思っていたので（実際、誰かに見せる予定もないものを書きあげることはとても難しかったのです……）、それから数年後、ウェブサイトに公開したことがきっかけで、雑誌に載せていただき、さらには文庫にしていただける日が来るなんて、想像もしていませんでした。サイト時代を支えてくださった読者の皆さまと、拙作にお目をとめてくださった編集部の皆さまに、心からお礼申し上げます。

イラストは、須坂紫那先生に描いていただきました。私の心の中にしかいなかった二人を描いてくださり、どれほど興奮したか分かりません。特にカバーイラストの、微笑み合う久世と真那也の幸せそうな姿……最高です！　拙作に華を添えてくださり、ありがとうございます。

そして、この本をお手にとってくださった読者の皆さまへ。長いお話を読んでくださり、ありがとうございます。どこかひとつでも、皆さまの心に響くシーンがありますように。

この本を読んでのご意見、ご感想などをお寄せください。
彩東あやね先生・須坂紫那先生へのはげましのおたよりもお待ちしております。

〒113-0024　東京都文京区西片2-19-18　新書館
[編集部へのご意見・ご感想] ディアプラス編集部「悪党のロマンス」係
[先生方へのおたより] ディアプラス編集部気付　〇〇先生

- 初出 -
悪党のロマンス：小説ディアプラス2019年ハル号（Vol.73）、ナツ号（Vol.74）
恋をもっと：書き下ろし

[あくとうのロマンス]
悪党のロマンス

著者：**彩東あやね** さいとう・あやね

初版発行：2020 年 10 月 25 日

発行所：株式会社 新書館
[編集] 〒113-0024
東京都文京区西片2-19-18　電話（03）3811-2631
[営業] 〒174-0043
東京都板橋区坂下1-22-14　電話（03）5970-3840
[URL] https://www.shinshokan.co.jp/

印刷・製本：株式会社 光邦

ISBN978-4-403-52517-9